ऑनलाइन डेटिंग अप्रॉक्स 25:35

(उपन्यास)

ऑनलाइन डेटिंग अप्रॉक्स 25:35

रुपाली नागर (संझा)

हिन्द युग्म
hindyugm.com
BLUE

ISBN : 978-93-87464-03-2

प्रकाशक :
हिन्द-युग्म
201 बी, पॉकेट ए, मयूर विहार .फ़ेस-2, दिल्ली-110091
मो.- 9873734046, 9968755908

मुद्रक : विकास कम्प्यूटर ऐंड प्रिंटर्स, दिल्ली-100032
कला-निर्देशन : विजेंद्र एस विज

पहला संस्करण : 2018
मूल्य : ₹115 । $6

Online Dating Approx 25:35
(A novel by *Rupali Nagar Sanjha*)

Published By
Hind Yugm
201 B, Pocket A, Mayur Vihar Phase 2, Delhi-110091
Mob : 9873734046, 9968755908
Email : sampadak@hindyugm.com
Website : www.hindyugm.com

First Edition : 2018
Price : ₹115 । $6

ऑनलाइन डेटिंग अप्रॉक्स 25:35

अप्रैल का महीना था, ठीक-ठीक बीच की तारीख थी, गर्मी उफान पर तो नहीं गोया ऐसे कि जैसे तंदूर अभी-अभी जला हो और नान सेंकने में अभी और ताप की कसर बाकी हो। फिर भी आग तो आग ही होती है, जला के ही दम लेती।

हाँ तो लेटेस्ट फैशन के अकॉर्डिंग शादी के ठीक पहले अपने कुँवारेपन को आखिरी बार सेलिब्रेट करने के लिये इस हॉट मौसम में हमारे क्लोज फ्रेंड ने एक ग्रैंड कूल-कूल बैचलर्स पार्टी थ्रो की, हमें भी बड़े इसरार के साथ इनविटेशन आया।

हम भी ठहरे हार्डकोर पार्टी क्रिएचर जिसका साइड बिजनेस ही है, ऐसी पार्टियों की शोभा की सुपारी बनना। पूरे जोश-खरोश के साथ ऑनलाइन शॉपिंग से पार्टी में पहनने लायक लेटेस्ट फैशन्ड अटायर का जुगाड़ किया और उतावले हो चल पड़े पेज थ्री सेलिब्रेटी की तरह।

नाम, जी हमारा वैसे तो सोनिया, बट प्यार से लोग 'सोणियो' ही कहते हैं। चूंकि फिल्मों में काम नहीं करते इसलिये हीरोइन तो नहीं; पर खूबसूरती के मामले में लाइक हीरोइन ही समझिये। बल्कि ऑनेस्टली हम

अपने वर्ड्स में कहें तो विदाउट स्पेशल इफेक्टस एंड एडिटिंग हम उनमें से कइयों पर भारी ही पड़ते हैं।

डबल्यू डबल्यू डबल्यू डॉट ब्यूटी डॉट कॉम।

उम्र न पूछो जी, मर्लिन मुनरो, मधुबालाओं की उम्रों पर नहीं जाया जाता उनपे बस दिल-ही-दिल में दिल लुटाये जाते हैं; भले ही आप उम्र के किसी भी दौर में जिंदगी जी रहें हो। एम आय राइट? सो लेट्स गो अहेड..

पार्टी अपने शबाब में आना चालू हो गई थी जब हमने एंट्री मारी। मिक्स्ड क्राउड था पर मेजॉरिटी रणवीर और विराट के जबरे फॉलोअर्स बिअर्डधारी मुस्टंड मुंडों की थी, एक से एक हैंडसम स्टाइलिश पर्सनालिटी; आइआइटीएन्स; एमबीअन्स। यही कोई 25 -26 की उमर के डैशिंग टॉम क्रूज टाइप्स..

डबल्यू डबल्यू डबल्यू डॉट फूलटू फटाक डॉट कॉम।

झूठ नहीं बोलेंगे, देख के एकबारगी दिल धक-धक करने जरूर लगा था। खूबसूरती पर मर मिटना लड़कों का कॉपीराइट थोड़े ही है। मॉडर्ननेस की इतनी लिबर्टी का फायदा तो हम भी उठाएँगे ही जी।

दिल थाम के नजरें घुमाई तो देखा कि धकचक-धकचक हल्ला हू म्यूजिक, लुपचुप-लुपचुप करती लाइट्स, अपने आप को म्युजिक नाइट की आत्मा समझने वाला बावला डी जे, थिरकते बदन, आँखों-आँखों में सेटिंग्स, इशारों-इशारों में बातें, एक्सरे निकालती नजरें, बात-बेबात हँसी-ठहाके और डाँस के सहारे नजदीक आने के बहाने, तो बट ऑबवियस....एक्साइटमेंट एंड एक्सप्रेशन्स की हाई वोल्टेज लाइन पास हो रही थी माहौल में; लाइक अ हॉट पॉट।

भटके नहीं जी थोड़ा भी ऑनलाइन से; पर ये ऑफलाइन इंट्रोडक्शन भी जरूरी, वरना सिरा ठीक-ठाक पकड़ नहीं पाएँगे आप।

हाँ तो जी इस फुल ऑन पार्टी मूड में काली नशीली रात के फुल मून की तरह जैसे ही हमने एंट्री मारी और ठीक यहीं से चालू होती है ये स्टोरी। यारों की तो लग गई। कुड़ी की एंट्री क्या हुई दिल में घंटियाँ टन्न-टन्न

करने लगीं। कहीं-कहीं तो लाइक गिरजे के घंटे भी बजे, हालाँकि सुनाई सबके दिल-ही-दिल में दिये।

सब डांस के बहाने आस-पास मंडराने लगे पतंगे की मार्फत, पर ऐसे जताते हुए जैसे अनजाने में ही पैर थिरकते हुए वहाँ चले आए हो। खैर काफी नाचे लोग; हम भी नाचे, आखिर माहौल ही मदहोशी का था। हमने नोटिस किया यार के यार लोग स्पेशल गेस्ट की तरह पूरा ख्याल रख रहे थे। सबने इस खातिरदारी की जिम्मेदारी खुद अपने-आप ले ली थी। हम भी व्हेरी-व्हेरी हैप्पी-हैप्पी सेंटर ऑफ अट्रेक्शन बनके। आग धधक चुकी थी नान प्रॉपर वे में सेंकने के लिये। सौ की सीधी एक बात फ्रैंड के कई फ्रैंड्स को हम पर क्रश आ गया। अलग-अलग बहाने से आये पानी, ड्रिंक्स, स्टार्टर लेकर, हालांकि इसके लिये वेटर थे, पर यू नो दिल दा मामला...

बातें शुरू कीं हाथ में प्लेट थमाकर, हमने भी खाते-पीते जवाब दे दिये। कोई प्लेट में डिनर सर्व करे पास में आ बैठा, कोई डेजर्ट ले आया, माने कि कहीं जाने की जरूरत भी नहीं पड़ी और मौज-मजे में खाना-पीना भी हो गया। ये पार्टी तो जी लाइफ की हाईलाइट बन गई।

पूरी रात हसरत और तारीफ भरी नजरें हमारा पीछा करती रहीं। कुछ तो इतने दिलेर निकले कि हमें कह भी गये हॉट, सेक्सो, गॉरजियस!

हम भी सातवें आसमान पर। कुछ ने साथ में फोटो खिंचवाई, कुछ ने सेल्फी के एंगल ऐसे रखे कि हम भी उसमें कैद हो जाए। अपने-अपने तरीके और डेअर के हिसाब से सबके पास अब हम थे, दिल की गली में भी और मोबाइल की फोटो गैलरी में भी।

बातों ही बातों में कई बातें हो चुकी थीं और बिसात बिछ चुकी थी। नई चाल में हम भी फँस चुके थे और यकीन मानिये ट्रैप होकर जस्ट चिल करके रह गये थे।

घर लौटते वक्त हम इन कूल डूड्स के फंतासी की हीरोइन की जगह ले चुके थे।

"दिल संभल जा जरा, फिर मोहब्बत करने चला है तू...."

देर रात घर पहुँचते ही जिंदगी ने 'यू-टर्न' ले लिया। कहानी ट्विस्ट लेकर किसी और मुकाम पर जाने के लिये चा-चा-चा कर चुकी थी।

सुबह-सुबह हमारा मोबाइल सीटियाँ मार रहा था, धड़कते दिल से हाथ में लिया और देखा मैसेंजर पर मैसेजेज की भरमार है, हम खैरियत से घर पहुँच गये या नहीं; ये जानने के लिये।

खैर जाने दीजिये, ऑफलाइन ज्यादा रहे तो आप दूसरी गली न ढूँढ लें मन बहलाने के लिये।

बस.... वहाँ से ऑनलाइन ही हैं अब तक। वाकये कई हैं, जानना चाहेंगे तो वो भी जरूर बताएँगे; पर सबसे पहले उसकी बात जिसने हमारे दिल को अपनी तरह रंगीन और जवाँ कर दिया।

नाऊ लेट मी ऑनेस्टली कन्फेस...आई हैव अ क्रश फॉर हिम।

''जो न करना था कर गई मैं भी किथ जा के मर गई... मैं घणी बावणी हो गई, मैं घणी बावणी हो गई।''

तो आज से हमारी यानी कि 'मैं' सोणियो और 'वो' मीन्स 'हैरी' की ऑनलाइन डेअर डेटिंग स्टार्ट...

अप्रैल 17, 3:40 am

वो- ''हैलो!''
मैं- ''हाय! हाऊ आर यू?''
वो- ''फाइन, आप पहुँच गये?''
मैं- ''यप्प!''
वो- ''नाइस। व्हाट्सएप पर हो आप?''
#* सीधे-सीधे क्विक क्वेश्चन आया जिसे मैं उस वक्त टाल गई।

अप्रैल 22, 12:12 pm

मैं- "हाय... हाऊ आर यू?"

वो- "मच फाइन जी। यू से?"

मैं- "ऑल गुड!"

वो- "एंड यू आर ऑल ऑलवेज गुड आलसो।"

मैं- "अरे वाह सच .. "

वो- "हे हे हे... आप आओ यहाँ।"

मैं- "वहाँ बहुत रह लिये तुम आओ यहाँ।"

वो- "वो तो बहुत दूर है, क्या बहाना होना चाहिए उधर आने का Lol"

मैं- "अरे.. हम है यहाँ मिलने आ जाओ। ये वजह काफी नहीं..."

वो- "यस ऑफकोर्स, बट एनी ऑकेजन। हा हा?"

मैं- "aww..बनाना पड़ेगा फिर तो कोई...ऑफिस में नहीं हो?"

वो- "अभी रिजाइन दिया है।"

मैं- "व्हाट नेक्स्ट"

वो- "वैसे भी आप जहाँ हो वो ऑकेजन प्लेस ही होगी जी"

#* जल्दी-जल्दी टाइप होता रहता है, बातें जम्प लेती रहती हैं। साँसें भी इतनी तेजी से नहीं आती-जाती, जितने तेज मैसेजेस आते हैं।

"नेक्स्ट इज समथिंग डिफरेंट प्लेटफार्म!"

मैं- "अच्छा जी ऐसी बात है?"

#*(ये मैंने "आप जहाँ हो वो ऑकेजन प्लेस ही होगी जी!" पर रिएक्ट किया था। डोंट बी कनफ्यूज)

वो- "यस आई फील, यू आर एनरजिक टाइप पर्सनालिटी।"

मैं- "योर पर्सनालिटी डजन्ट सूट्स एनी गवरमेंट जॉब, यू आर परफेक्ट फॉर बिजनेस। व्हाय आर यू ट्राइंग देअर?"

#* ये उसने ऑफलाइन बताया था उस दिन, मैंने यूँ ही हवा में नहीं उछाला था।

मैं- ''शुक्रिया''

#*अब तो आप समझ गये होंगे ये किस बात का था!

वो- ''माय विश इज फॉर समथिंग लाइक टू गेट मी इन द लाइम लाइट बट स्टिल कनफ्यूज।''

मैं- ''डोंट बी कनफ्यूजड ..वन डे यू विल बी इन लाइम लाइट। आमीन!''

वो- ''थैंक्यू वैरी मच फॉर..बट आय थॉट यू मस्ट बिलांग्स टू द सेम थिंग आय गॉट गिल्म्स लाइक अ गल इन यू सम टाइम्स। हे हे''

मैं- ''नाऊ यू आर फ्लर्टिंग..''

वो- ''आइ डोंट नो इट्स फ्लर्टिंग ऑर नॉट बट इट्स अ कॉम्पलीमेंट ... सॉरी बट यू शुड हैप्पी एंड प्राउड फॉर दैट।''

#* इंजीनियरिंग किया हुआ बंदा देखो कितनी मासूमियत से कह रहा है कि वो नहीं जानता कि ये फ्लर्टिंग है।

मैं- ''आआवव.... सो नाइस ऑफ यू।''

#* अब मजा आने लगा है मुझे भी।

वो- ''हे...माय प्लेजर। वैरी रेयर।''

मैं- ''नाइस टू चैट विद यू हैरी। बाय फिर मिलेंगे।''

वो- ''यप्प। टी सी!''

मैं- ''टी सी ऑफ योरसेल्फ।''

वो- ''थैंक्स''

अप्रैल 24 8:07pm

वो- "गुड इवनिंग।"

मैं- "वेरी गुड इवनिंग। क्या हाल? कहाँ हो"

वो- "हाय... बस काम से जरा बाहर गया था।"

मैं- "ओके! (और कह भी क्या सकना था।)"

वो- "आपका पिक तो अपडेट किया करो।"

मैं- "ओह रियली.... व्हाय?"

वो- "अब कुछ तो होगा तभी तो बोला ना। सोच लो वर्थ।"

#* बंदा फॉर्म में आ रहा!!

मैं- "नये-नये नजारे चाहिये निहारने के लिये। है ना?"

वो- "आप तो जो समझ लो.. बट सेल्फ कॉम्पलीमेंट ही होगा आपके लिये। अट्रैक्शन तो अट्रैक्शन है। इट्स नेचरल जी।"

मैं- "अब इसका कोई जवाब नहीं है हमारे पास।"

वो- "हम केलकुलेटेड बातें करते ही इसलिये हैं, कॉलेज टाइम से.... Lol."

मैं- "शैतान"

वो- "हे हे... मैं आपसे उस दिन ओल्ड पिक (हाँ पार्टी वाले दिन कहा था मुझसे अपना पुराना पिक दिखाने को) का इसलिये पूछ रहा क्योंकि मुझे देखना था आपका "वो" टाइम...वेरी रेयर।"

#* फिदा

मैं- "उस वक्त ये सब फेसिलिटीस कहाँ थीं या...(पूरा "यार" नहीं कहा, डिसेंसी) जमाना गुजर गया।"

वो- "जमाने की छलक तो आज भी है आपकी।"

मैं- "फिदा हो गये हो।"

वो- "तारीफ समझ लो। आप तो समझने में भी एक्सपर्ट हो ... क्या बोलें?"

मैं- "तुम्हारी तरह के कई आये जिंदगी में।"

वो- "ओह हो मतलब हमें कॉमन बना दिया। आय होप एंड अश्योर्ड।

हम या फिर बहुत आ जाते या फिर आते ही नहीं सामने।"

#* दिल और जुबाँ कई बार साथ नहीं देंगे अपने इमोशन के इंटेनसिटी से चीजों को समझना या मोड़ देना होगा!

मैं- "आय वुडन्ट हैव अलाउड एनी कॉमन मैन टू टॉक टू मी लाइक दैट...मिलना तो इत्तेफाकन था, मिलना लिखा था किस्मत में।"

वो- "इट्स ओके... किस्मत.. हा हा हा।"

मैं- "चिल या... हैड डिनर?"

वो- "इट डज मीन एम लकी इनफ। यस।"

मैं- "सो बाय फॉर नाऊ सी या सून। कीप इन टच"

वो- "ओके, श्योर"

अप्रैल 25 7:44pm

वो- "ऑफ कोर्स नो डाउट।"

मैं- " ??"

#* पूछा नहीं क्या-क्यों ? अब ऐसे ही शॉट फॉर्म में काम चल जाते हैं। म्यूचुअचल अंडरस्टैंडिंग यू नो!"

वो- "ओह रियली वाला आंसर।"

मैं- "ओह, ओके।"

#*थोड़ा बैक करिये गाड़ी... इस बीच हम फेसबुक फ्रैंड बन चुके हैं। मैंने अपनी प्रोफाइल पिक चेंज की है ऑन डिमांड ऑफ हिम, याद है आपको, उसने कहा था।" उसपर उसने कमेंट दिया और हमने लाइक कर रिप्लाई दिया है ओह रियली.... वहाँ से आगे की बात यहाँ हो रही है.. प्राइवेटली, पब्लिक प्लेटफार्म पर सब कुछ फीलिंग शेयर नहीं करते... दिल तो यहाँ धड़का करते हैं।

वो- "हे हे"

मैं- "अब क्या ?"

वो- "आप पूछो, क्वेश्चन मार्क ही लगाने है हर वक्त तो आपको Lol"

मैं- "हैरी..."

वो- "हा हा एम सस्पेंशियल फॉर यू स्टील।"

मैं- "मींस... आइ डिडंट गेट योर पॉइंट ?"

#* कितनी अदा से मैं खेल गई।

वो- "अरे कुछ नहीं। आप बहुत कन्फ्यूज्ड हो मैं तो पाइंटेड बातें ही करता हूँ जी।"

मैं- "तो क्या करें, जाने दें ?"

वो- "हा हा गुस्सा..."

मैं- "अपना व्हाट्सएप नंबर दो।"

वो- "........ दे दिया।"

मैं- "ओके ठीक है!"

वो- "यप्प। मैसेज तो करो।"

#* जरा भी सब्र नहीं।"

मैं- "नहीं करते (नखरे)"

वो- "अरे यार चीटिंग!"

मैं- "अब आया ना ऊँट पहाड़ के नीचे?"

वो- "हे हे कैसे? मैं सस्पेंशियल हूँ और आप इंटरेस्ट क्रिएट कर रहे। वाह।"

#* डेयर देखो जरा

मैं- "अब तुम पिट जाओगे हाँ।"

वो- "चलेगा पर आप चीटर हो।"

मैं- "एक्सेप्टेड।"

वो- "व्हाट्सएप इज नॉर्मल थिंग। एक बार मैसेज करके देखो। ट्रस्ट करने के लिये मौका चाहिये होता, बाकि चीजें बदलना टाइम के हाथ में।"

#* मुझे समझा रहा है!

मैं- "काफी बड़ी बात बोल गये हमारा असर आने लगा है तुम पर।"

वो- "जो समझ लो बट मैंने अपनी बात रखी। आपका वेलकम है व्हाट्सएप पर (इनसिस),

बड़ी और सच्ची बात ही करना पड़ती है, सस्पेंस तो बॉडी लैंगवेज में रहता।"

मैं- "Omg!"

वो- "क्या हुआ.. ओवर रिएक्शन?"

अप्रैल 26, 11:28 am

मैं- "हलो, इट्स मी।"

वो- "गुड मॉर्निंग, वेलकम।"

मैं- "गुड मॉर्निंग हाऊ आर यू?"

वो- "मच फाइन ऑनली टेम्प्रेचर सक्स

#* यहाँ से हाई टाइड ऑफ इमोशन्स हमारे कन्वरसेशन में झन्नाट तड़का लगाएंगे क्योंकि अब हम व्हाट्सएप पर आ गये है! उसकी कल की तमन्ना पूरी कर दी!

"दिल की लगी....क्या कहिये।"

मैं- "ओह... टेक केयर।"

वो- "हे हे, यस।"

"नेवर डिजाइन योअर कैरेक्टर लाइक अ गार्डन व्हेयर एनी वन केन वॉक। डिजाइन योअर कैरेक्टर लाइक द स्काय व्हेअर एवरी वन डिजायर टू रीच!" कोट भेजा ये ... शायद नसीहत।"

मैं- "पॉइंट टू बी नोटेड।"

वो- "अच्छा... एवरी पॉइंट इज नोटेड आइ थिंक। हा हा"

मैं- "जो भी अच्छा हो वो...वो नहीं जो तुम कहते हो।"

वो- "आपको चिढ़ाने का मजा अलग है।"

मैं- "बताए अभी"

वो- "आप दिल्ली में कहाँ रहते थे?"

मैं- "फलाँ फलाँ जगह।"

वो- "बाकि घूमे तो सब दूर होंगे?"

मैं- "हाँ जी"

वो- "क्या बात है! आप यहाँ थे और हम टकरा नहीं पाये। इतना छोटा सा शहर ये.."

मैं- "उससे छोटे तुम...वहाँ से निकले हुए भी बरसों हो गये।"

वो- "हे हे अब तो आओगे ही?"

मैं- "क्यूँ अब क्या है खास?"

वो- "हम हा हा"

मैं- "अक्सर आते है वहाँ... बस इस बार ही नही आएंगे"

वो- "अच्छा क्यूँ?"

मैं- "क्यूँकि तुम हो वहाँ।"

वो- "अरे यार हमसे डर?"

मैं- "डररररर..... माय फुट"

वो- "गुस्सैल"

मैं- "बदमाश, अब रेस्ट लो बहुत हुआ।"

वो- "नहीं। इट्स अनलिमिटेड।"

मैं- "काम पर लगो, इसीलिए कहते हैं खाली दिमाग शैतान का घर।"

वो- "काम पर ही हूँ... बस चेंज की ओर .."

मैं- "हमारे हाथों ही मरोगे तुम।"

वो- "यस,

एक्चुअली कल का क्या पता जो टाइम है जी लो, सेकेंड्स लगते हैं कुछ बदलने में; चाहे टाइम हो या लोग।"

मैं- "इतना कुछ, क्या हुआ?"

वो- "अरे मतलब नॉर्मली।"

मैं- "हम्मम"

वो- "अब इतना बोरिंग नहीं हूँ ना इसलिये जब तक एक्जीसटेंस है तब तक एनर्जेटिक रहता।"

मैं- "ये किसने कहा तुमसे?"

वो- "हा हा हा मैंने ही। कहने सोचने से क्या होना।"

मैं- "अपने आप से ही बात करते रहते हो?"

वो- "हाँ ना,

मेरे बहुत रूप हैं"

मैं- "ये कौन सा वाला है?"

वो- '' एनर्जेटिक,सेल्फिश; अब ये तो सामने कौन है उस पर डिपेंड करता है।''

मैं- ''माने रंग बदलते रहते हो?''

वो- ''आपको कौन सा रंग पसंद.... हा हा हा?''

मैं- ''कभी नहीं जान पाओगे।''

वो- ''मुझे तो पता है पर कन्फर्म कर रहा था।''

मैं- ''टेल मी''

वो- ''यू आर कलरफुल पर्सनालिटी। फेस रीडिंग ही बहुत थी..
कभी एक कदम आगे तो कभी एक कदम पीछे''

#* स्मार्ट जनरेशन। बिंदास बंदे वो भी इंजीनियरिंग के तड़के वाले, ऊपर से मार्केटिंग की ड्रेसिंग....

मैं- ''एक दिन में इतना जान लिया?''

वो- ''अब देर नहीं लगती।
हमारे एक दो बाल भी ऐसे ही व्हाइट नहीं हुए। हा हा''

मैं- ''चलो अब चलते हैं... कई काम हैं। बाकि बात बाद में।''

वो- ''यस। बहुत डोज हो गये।''

May 3, 8:30am

वो- ''द करेक्ट टेम्परेचर ऑफ होम इज मेंन्टेंड बाय वार्म हीटर्स एंड कूल माइंड्स... नॉट बाय हीटर्स एंड एअरकंडीशनर!''

#* ये था बात शुरू करने का तरीका ''रापचिक''

''और हम कहें कि तुमको ये कमाल हासिल है, वक्त बेवक्त अच्छे लगते हो।''

मैं- ''हम्मम...बड़े दिनों बाद याद आया कुछ हीरो।''

#* एक हफ्ते का वक्त भी बेरहम एक युग की तरह लगा, रोक न सके कहने से.... ''

''अफेक्शन''

वो- ''अरे याद तो मैसेज आया समझ लो, याद तो सदियाँ करेंगी।''

मैं- ''उफ्फ... अब कौन ना मर जाए इस अदा पर।''

वो- ''यू आर डैम कॉन्फीडेंट 'गल' ''

मैं- टेक इट एज अ कॉम्पलीमेंट

वो- ''वावो.... एनर्जेटिक''

#* इसपे भी मर मिटने की एक्टिंग

मैं- ''आफ्टर टॉकिंग टू यू माय कॉन्फीडेंस लेवल ग्रोइंग फरदर।''

#* मैं भी जैसे रंगमंच की कलाकार .. परफेक्ट परफॉरमेंस!

''और क्या चल रहा है... ?''

वो- ''ओह हो थैंक्स,

अब हीरे की परख जौहरी को ही होती है!

मस्त चल रहा है।''

मैं- ''हीरा मान ही लिया हगें''

वो- यिप्पी यो डायमंड इज फार एवर

#* मजा आ गया माने

मैं- ''सो लेट टू रिप्लाय ?''

#* लंबे-लंबे पॉज देकर अपनी बात रखता है बंदा

वो- "एक्चुली वर्थफुली रिप्लाय देना होता है आपके लिये।"

मैं- "हाऊ मैनी "गर्ल्स" डू यू चैट विद एट अ टाइम?"

#* फ्लरिश इंग्लिश में आजकल ऐसे ही बातें होती है। आधा-आधा शब्द खा जाओ, तभी आप प्रूफ करोगे " कूल डूड " हो!"

वो- "इसलिये"

#* टुकड़े टुकड़े में बातें आती हैं उधर से

" बाइट बिट"

अपने पहले कहे रिप्लाय को अब पूरा किया!"

वो- "गर्ल्स आर रेस्ट, व्हेन यू आर वेस्ट"

#*कंटीन्यू रखी अपनी बात, अब तक हमारी बात पढ़ चुका था!

मैं- "वेस्ट ऑर बेस्ट... व्हाट डू यू मीन बाय वेस्ट?"

#* नये जमाने के कोड-वर्ड के वर्ल्ड को पूरी तरह समझ नहीं पाये हैं अब तक, कई दफा चकरा कर रह जाते हैं। अभिमन्यु की तरह उलझ के रह जाते हैं चक्रव्यूह में।"

वो- "वेस्ट मींस.... एकतरफा।"

#* हमारी डिक्शनरी में एक नये वर्ड का इजाफा हुआ!

वो- "यू आर नॉट वेस्ट

यू आर gr8

इट इज माय कप ऑफ टी टू हैंडल गर्ल्स एंड आय गॉट बोर्ड वीथ दैम

बट यू आर लाइक वन्स इन द ब्ल्यू स्काय!"

मैं- "एकतरफा.... साउंड्स टू गुड... शुक्रिया तहे दिल से।"

#* उधर से बातें फटाफट आ रही थीं, इस बार हम पिछड़ गये जवाब देने में!

वो- "सॉरी ब्ल्यू मून*

#* एक्साइटमेंट में गलतियाँ हो जाती है डियर डोंट वरी, मैं फिर भी समझ गई थी!

मैं- "यू मेकिंग मी फील सो स्पेशल।"

वो- "व्हाय नॉट, इट्स बट ऑबवियस क्वालिटी यू, क्वालिटी अस।"

मैं- अहा

वो- "व्हाय आर यू स्पीचलेस?"

* यहाँ कुछ और की चाह थी शायद

मैं- "इतनी तारीफ के बाद बचता है कुछ कहने के लिये.... हैरी?"

वो- "अरे तो क्या हुआ, रिवर्ट दो Lol."

#* स्मार्ट गाय

मैं- "पुल बाँधने पड़ेंगे तुम्हारी तारीफों के?"

वो- "अरे झूठ नहीं चलेगा बिलकुल भी"

#* बंदे भी जानना चाहते हैं कि बंदी क्या सोच रही उसके बारे में। लड़कियों को बिना बात ही बदनाम कर रखा है। इट्स ह्यूमन नेचर यार .....तारीफ किसे अच्छी नहीं लगती?"

मैं- "वो हम नहीं बोलते, ऐसे में चुप रह जाते हैं।"

वो- "अच्छा..... इसलिये ही चुप हो मतलब?"

#* टक्कर का है बंदा है आसानी से मानता नहीं!

मैं- "नहीं... 'ब्राँड एम्बेसेडर ऑफ यूथ।"

#* एप्रीसिएशन फ्रॉम माय साइड ट्रूली बाय हार्ट!

वो- "वो तो छीन लिया आपने लड़कियों से"

मैं- "इतना ऊपर चढ़ाओगे तो गिरने पर जोरदार चोट लगेगी या... "

#* पूरा यार नहीं लिखते, स्टेटस मेंटेन करते हैं।

थोड़ा संभल के....

" आय लव योर लाइवीनेस"

वो- "अब देखना ये है कि हमें चोट ना लगे, आपको तो सस्टेंस रखेंगे। थैंक्स।"

मैं- "देखते हैं, ऑनली थैंक्स?"

वो- "अब मिल भी तो सकते नहीं आप, तो क्या करें? बहुssssssततत दूर हो।"

* बहुत पे बहुत जोर है ... हजारों मीलों की दूरी ऐसी ही बताई जाती है एक्सप्रेशन के साथ जब दिल में फीलिंग हो तो!!

मैं- दिल में रखो, बहुssssssततत पास होंगे।"

* हमने भी रिदम मिलाई!

वो- "लेट सी, यू गेटिंग मी एक्साइटेड

बट इट विल बी माय प्लेजर"

मैं- "ये... शिद्दत साथ रखो, कायनात भी साथ देगी!"

वो- "अब आपकी भी होनी चाहिये हमारे लिये इतनी तो जाने..."

#* या मेरे खुदा ... आ के देख जरा दिल कितनी जोरों से धड़क रहा है। ऐसी इजहारे- मोहब्बत तो अपनी जिंदगी के गोल्डन पीरियड में भी नहीं की किसी ने, "पुअर गॉय्ज"

कमबख्त पूरी जवानी उस दौर में कट गई जब बंदे टापते ही रह जाते थे, बाइक पे चुप्पो-चाप पीछे-पीछे डोलते थे, स्कूल कॉलेज घर में घुसते ही तेजी से आगे बढ़ जाते थे। इतने में ही उनका जोश हिलोरें मार लेता था। दिल की बात कभी किसी चिरकूट में लिखकर उछालते भी थे तो निशाना डर के मारे ऐसा सधता था कि कहीं और ही जा के गिरता था, बंदी कभी जान नहीं पाती थी कि किस शायर का शेर था उसमें!"

मैं- "आमीन!। बहुत दिनों बाद किसी से बातें करके इतना मजा आता है डियर!

आय लव योर रिप्लाईज"

#* उससे तो इतना ही कह पाई। पर तैनू दिल दा वास्ता है रब्बा कभी तो उसे ये फील करा देना जो तैनू मैं दिल से बता गई पर उससे इजहारे-जुबाँ भी नहीं कर पाई!"

वो- "Aaaww...

हम भी बावले होते हैं "रूप की कली जी"

इट्स योर पॉवर।''

मैं- ओ माय गॉड अब तो लाजवाब हो ही गये हम।''

वो- ''बट एहसास तो पास से मिलेगा डैम श्योर,

जब आप सामने बाकि सब साइड में।''

#* व्हाट अ पैशन एंड कॉन्फीडेंस लेवल इन लोगों का भी!

मैं- ''बातें बहुत बढ़िया करते हो, इट्स योर पॉवर। अपनी लवर को तो फ्लैट ही कर दोगे पहली ही मुलाकात में... पहला दिन ही आखिरी दिन।''

#* काश की वो खुशकिस्मत मैं होती!

मान ले यार एक बार झूठा ही सही.. अभी का अभी ना छोड़ दूँ ये दुनिया तो देख।''

वो- ''सिंगल हूँ
और सामने मंजिल,
ये भी लाइव थॉट है''

#* खट्ट... तीर आ के सीधे दिल में धँस गया

मैं- ''क्या कहें?
सच बोलना नहीं चाहते,
झूठ बोल नहीं सकते,
कशमकश''

वो- ''क्या करें?
इगनोर कर नहीं सकते,
वो बोल नहीं सकते
हड़कम्प ''

*# इश्क में नहले पे दहला!!

मैं- ''अरे ....बहुत हुआ हाँ।''

वो- ''नो वे
लेट इट कन्टीन्यू
मन तो भरेगा नहीं आपसे

बिटर ट्रुथ''

मैं- ''सेम हियर बट, टाइम बाउंडेशन यार...वक्त निकाल कर बात कर लिया करो ठीक है नाऊ इट्स टाइम टू गुड बाय... सी यू सून.......''

#* पंचर... मैंने खुद कील घुसाई टायर में... लानत!!

वो- ''नो.... इट्स टू अर्ली''

तरसाना अच्छा नहीं होता ज्यादा''

#* हाय... खसमनखॉणियाँ मैं क्यूँ पैदा हो गई पहले... या ये कि तू क्यूँ इतनी देर बाद आया जालिम इस दुनिया में!

मैं- ''नो वन इन योर हाउस ...इसलिये हमसे ही टी पी(टाइम पास) है ना?''

#* इतनी उत्तेजना के बाद बस ये ही उगल पाये गारत पड़े हमपे!!

वो- ''नो, इट्स नॉट लाइक दैट,

स्पेंडिंग टाइम विद यू हैज टोटल वर्थ

एंड योर डी पी क्रीएट इंटरेस्ट प्लस

व्हाट एन ''अदा''

मैं- इज दैट सो

वो- ''सो अंडरस्टैंड माय क्युरोसिटी सोनिये

आय थिंक यू आर सोणियो''

मैं- ''वाह ... सुनने में भी सोणियो है... आय लाइक इट''

*# मन तो चूमने का कर रहा पगले

वो- ''अब वो तो देखते ही बनता

बट सीरियसली आय इमेजिन योर दैट टाइम

Woooo

विश आय वुड हैव बीन

नाऊ यू लेट

वो भी बाज थोड़े ही आया जवानी जोश मार ही गई!''

मैं- ''लीटरली नाऊ आय फील व्हाय आय एम नॉट फ्रॉम ....इस

जहाँ से...पर जरूरी है जो हम भूलना चाहते उसे याद दिलाना?"

*# दिल की कसक बड़ी कस के बाहर निकल आई!!

वो- "यू आर इन द वे एंड डिसर्व मोर दैन अर्स, आय बिलीव।"

*# इट इज लाइक रॉयल इनफील्ड राइड... फुल स्पीड में कट मारते, ओवर टेक करते रश ड्राइव करो और झटके से ब्रेक लगाकर बंदी को अपने ऊपर गिरने पर मजबूर करो! मान गये यार!

मैं- "आज से अच्छी शाम काफी समय से पास नहीं आई थी। तुमने एक नया एहसास दिया है आज, अब एनर्जी और भी हाई होने वाली है हमारी। थैंक्स अ टन।"

*# भावुकता.... कमबख्त बार बार टोंचकर हमें हमारी औकात याद दिला जाती है, इसकी तो.... ऐसी की तैसी...

वो- "आय एम वेटिंग फॉर योर पॉवर हियर। थैंक्स।"

मैं- "फिंगर क्रास"

*# दिल से... ऐसा ही हो तो जानूँ!

वो- "Awww"

मैं- "डैशिंग"

*# इट्स जस्ट रिएक्शन...अभी अभी व्हाट्सएप डी पी चेंज कर डाली उसने बात करते करते... उसी पे शब्द फूटा!

वो- "दिस डैशिंग मैन इज इन योर प्लेजर
सो लेट्स फिगर आउट"

मैं- चलो अभी चलते हैं...कल बात करेंगे फिर से अगर तुम्हें टाइम मिला तो। गुड नाइट अगेन"

वो- "हम तो फ्री है। डोंट गो
वो भी समाँ बाँध के जा रहे।"

मैं- "बट आय एम नॉट... कल फिर बना लेंगे या...अब जाने दो.. आय एम नॉट रिस्पाँडिंग मोर.. स्वीट ड्रीम्स!"

*# हाय रे फूटी किस्मत...दुनियादारी के पीछे अपनी हसीन दुनिया से यूँ बेरुखी से मुँह मोड़ के जाना पड़ रहा है!

आज की ये डेट मुझे जिंदगी भर याद रहेगी
" डेटिंग की वाट "
वो- "हे हे टेक केयर ऑफ योरसेल्फ।"

*# वो बेचारा कर भी क्या सकता था खिसयाने के सिवाय, रात के ग्यारह बजे अपने पीक टाइम में!!

मई 4, 1:09pm

#* कल जो तेरे दिल में खलबली मचा के चले गये थे जानेमन, उसका खामियाजा भरने चले आये हैं लाइन क्लीयर देखकर।

मैं- "लाइफ इज लाइक अ फ्लूट, इट मे हैव मैनी होल्स एंड एम्पटीनेस बट इफ यू वर्क ऑन इट केयरफुली इट कैन प्ले मैजिकल मेलोडीज"

#* बस उठा ये बंसी और बजा मेरे कान्हा; मैं बनू तेरी राधा।

वो- "Wooo अट्रेक्टिव थॉट"

मैं- "अट्रेक्शन ऑलवेज विल बी देअर"

वो- "बट वी कैन प्ले इट बैटर दैन फ्लूट इफ वी हैव गट्ज.... LOI"

*# अहा...बस ऐसी ही तानें छोड़ते रहो प्यारे मैं सुर मिलाती रहूँगी!

मैं- "तुम मिलो तो जरा... यू गॉना क्रेजी..."

वो- "यस आय एक्सेप्टेड

लेट्स मीट

दिस इज टीजर, पिक्चर इज स्टील रीमेनिंग

इजन्ट इट "

मैं- "यप्प एन आर्ट मूवी।"

वो- "इट्स अप टू यू। हाऊ यू क्रीएट एंड एडिट विद अस।"

मैं- "अच्छा ऑल आर अप टू मी?

#* ऑनेस्टली स्पीकिंग... सच्चाई इतनी कड़वी होती है कि गटकी नहीं जाती, मुँह मोड़ना ही पड़ता है।

योर कवर फोटो इज एक्सीलेंट ..किसके लिये है? अब मेहरबानी करके हमारा नाम मत लेना, हम जानते हैं ये हमसे मिलने के काफी पहले का है।"

वो- "थैंक्स

कवर पिक प्री डेडिकेटेड टू अपकिंग वन्स यू नो
एंड यू आर अलमाइटी फॉर मी।''

मैं- ''किस मूड में हो आज?''

वो- ''रोमांटिक ऑबवियसली''

मैं- यहीं से एक लगाएंगे हाँ..

वो- ''आय थिंक यू स्टिल स्ट्रगल विद द टेस्ट हा हा

#* एक्सपोज्ड ...पकड़ लिया कि यू टर्न मारा था मैंने स्मार्ट ब्वॉय!

मैं- ''इतनी गलतफहमी?''

वो- ''स्ट्रगल की गलतफहमी या कुछ और ''

मैं- ''टेस्ट नहीं। हम जिंदगी का पूरा मजा ले चुके हैं, इट्स यम्मी।''

*# इतनी गहरी सोच में हो?

वो- ''ओह मैं चूक तो नहीं गया, लेट सी। स्वाद ले लिया, सुगंध यहाँ तक। वाह!''

मैं- ''अरे यार, तुम भी गजब हो। हर बात हमीं से जोड़ देते हो।''

वो- ''क्या करें डी पी देख लिया तो और जाग गये हनी।''

मैं- ''उफ्फ, लेट्स चेंज द टॉपिक। सबसे ज्यादा कौन सी बात अच्छी लगी तुम्हें हमारी?

डी पी में फ्लॉवर्स ही रखेंगे अब।''

वो- ''अरे... नो। यू आर फिट एट डी पी। सबसे अच्छी बात तो आप खुद हैं, अब आपसे बहुत चीजें शुरू होती हैं।''

#* हाऊ रोमांटिक... बस ये पल यहीं रुक जाए। पूरी दुनिया पहाड़ बन के खड़ी हो जाये और ये शब्द बस इको करते रहें।''

मैं- ''मसलन..पागल बनाने को हम ही मिले?''

वो- ''अब प्रैक्टिकल एक्जाम्पल मिलने पर ही मिल सकता
यू कांट अंडरस्टैंड हियर।''

मैं- ''तुमसे पार पाना मुश्किल है।''

वो- ''तो फिर क्या, वे चेंज करने की जरूरत तो नहीं मुझे?''

मैं- "तुम ही जानो।"

*# एक कदम आगे चचच्चा एक कदम पीछे चचच्चा

वो- "आपके लिये पूछा तो आप ही बताओ"

मैं- "बता देंगे तो जैसे मान ही लोगे।"

वो- "यस, हियर यू आर फुल्ली। हम आपके सीक्रेट लॉकर है।"

मैं- "देअर इज नो सीक्रेट या... लॉकर का क्या करेंगे। दिल में लॉक हो जाओ बस बहुत है।"

वो- "ठीक हैं कर लो।"

मैं- "एक एक लफ्ज कहने के पहले दस-दस दफा सोचते हो ना?"

*#हीरो मेरा बार-बार पता नहीं कहाँ गायब हो जाता है, गैप आते ही रहते हैं और इधर दिल धड़कता रहता है कि कहीं आज के लिये निकल ही तो नहीं लिया।

वो- "वहीं सुकून है। लॉक्ड!"

*# आया आया... बड़ा शॉट ले के!

मैं- "व्हाट डू यू मीन? कर लो, हमने तुमसे कहा है। तुम करो डियर।"

वो- "आप नहीं करोगे क्या?

सोचने की जरूरत नहीं आपके लिये, इट्स लाइक फ्रैंकली स्पीकिंग"

मैं- इट्स अमेजिंग या लव्ड इट जान लेकर ही मानोगे क्या ...

वो- "यस। एक तो गरमी, ऊपर से आपके जलवेहहअअ"

मैं- "ऐसा क्या हुआ, इतना कुछ करोगे।

जलवा हमारा... ?

गरमी तो ठीक है।

वो- "बोथ हॉट"

मैं- "तुम तो गये काम से, सी एम नॉट फूल...फुलटू फ्लर्टी।"

*# उकसाना जरूरी गरमाहट लाने के लिये

वो- "अब क्या करें, आप बताओ? वैसा ही चलेगा जैसा आप कहें,

*# हाय इस मासूमियत से जान लोगे
मेरी जान "

वो- वो तो आपने ले ली।

मै- "फिदा हो हाँ...आँ?

जो तुमको हो पसंद वही बात करेंगे...ऐसा कुछ? आय एम ग्लैड, इन फैक्ट आय एम लकी।

वो- "ओह... मैं तो डर गया था।"

मैं- "व्हाय?"

वो- "कहीं पतंग ना कट जाये,
बट ये तो सुलझती डोर है। आय एम ग्लेड
वैसे यू आर आल्सो फ्री टू से एनी थिंग।"

*# बार बार इन्सीस करता है फ्री होकर बातें करे, माने ज्यादा की हसरत है!!

मैं- "आय नो।"

वो- "बट इट इज नाइस टू मीट यू,
आय वंडर एंड नाइस " एहसास"

मैं- "हाँ एक एहसास।"

वो- "यू नो ...
यू हैव एन अट्रेक्शन फ्यूम्स"

*#साँसों में मेरी नजदीकियों का तू इत्र घोल दे। तू शम्मा है तो याद रख मैं भी हूँ परवाना...

बैक ग्राउंड में फुल स्पीड से साँग बजने लगा है। माहौल..."

मैं- "पता नहीं... ये देखने वाले का नजरिया होता है। शायद तुम देख पा रहे हो, नजर है तुम्हारे पास।"

वो- "यस इट हैपेन्स।
ये नजर बहुत गहरी है।

अब आपके ऊपर है पास से एहसास कराना,

हमने शुरू का काम तो कर दिया''

*# वॉट अ पॉजिटीविटी..पता नहीं ये जनरेशन इतना कॉन्फीडेंस कहाँ से ले आई है। बेखौफ, बेपरवाह, बिंदास!

मैं- ''अब देखो एक सादा सा सवाल था,

घूम फिर के वहीं आ खड़े हुए।

आखिर तुम्हें ऐसा लगा क्या हममें?''

*# हमें गिल्ट फील कराते हैं! एनी वेज। जाने क्या मैंने कही, जाने क्या तूने सुनी, बात कुछ बन ही गई। हम भी ऐंवीं थोड़े ही हैं, एक्सपीरियन्स होल्डर हैं, यहाँ बराबरी करें।

वो- ''Wooo

हमें तो सब चलेगा,

बोला तो यू आर कम्पलीट।''

मैं- ''नाऊ आय हैविंग अ वेरी गुड फ्रैंड ... हू मेक्स मी फील सो स्पेशल।''

वो- ''यस,

ऑफ कोर्स,

नो डाउट,

कनेक्टेड स्ट्रांगली।''

*# मार्क किया ... एक-एक शब्द पर जोर है।

मैं- ''डेफीनेटली। आमीन! हमेशा इतने ही चियरफुल रहना। आय लव योर स्पार्क''

वो- ''आह ग्रेट वर्क अपऑन

यू आर वर्थ,

सिर्फ बातों में ही स्पार्क?''

मैं- ''उतना काफी ही है,

लिसन, यू डोंट चेंज योर कवर पिक फॉर लाँssssग।''

वो- ''ओके,

जैसा आप कहें,
इट विल रीमेन,
तलाश खत्म नहीं होगी,
जब तक पूरी ना मिले।"

मैं- "जॉब का क्या हुआ?"

वो- "इट इज इन प्रोसेसिंग नाऊ आय एम सपोस्ड टू द सम अदर वर्क ऑफ डॉक्यूमेंट।"

मैं- "गुड"

वो- "दैन ऑफ्टर यस। मुश्किल चीजों से इंप्रेस है।"

मैं- "ओह हो"

वो- "सता सता के मिलती। हा हा"

मैं- "शुकर करो मिलती है।"

वो- "फिलहाल तो नहीं मिल रही,
सामने हो पर ट्रांसपरेंट जैसे
हा हा"

मैं- आसानी से चीजें मिल जाएँ तो वकत कम हो जाती है। मजा तभी तक है जब तक ना मिलें। मिली तो कशिश गायब।"

वो- "मिलें तो कशिश बरकरार रखने वाला भी चाहिये। आजमा कर देखने की जरूरत।"

मैं- "कहने वाले कई,
करने वाले नई।"

वो- "आ के देखिये, फिर वक्त पर प्रैक्टिकली एहसास करेंगे
बोलती बंद?
कैसे हुआ ये हम्म्म?"

मैं- "देखेंगे तुम्हें भी, क्या करते हो। वड्डे आये!"

वो- "जितना सोचा उससे 200%
आय एम कॉन्फीडेंट बट यू कन्फ्यूज्ड गल।"

मैं- "हाऊ डेयर यू एम आय अ कन्फ्यूज्ड गल?"

वो- "यस रिस्पाँस ठंडा आ रहा"

मैं- "एक बात तो सोचने वाली है। 200% कॉन्फीडेंट मैन की जिंदगी में जो आयेगी वो कितनी खुशनसीब होगी?

साथ में मजा करते-करते तुम तो हमारा ही मजा लेने गये या..."

वो- "हाँ। पर फिलहाल तो सामने है कोई,

उस पार ठीक है,

इतना दूर की कौन सोचता?"

मैं- "फिलहाल ही ना....हाल बदलते देर नहीं लगती।"

वो- "अब,

अपनी कृपा बनाये रखो,

जलवे बरकरार रखो,

नहीं डगमगाएँगे।"

मैं- उफ्फ अब बस भी करो...

वो- "ओके ... हा हा।

कुड नॉट कंट्रोल। बाय रूप की कली जी मेरी सोणियो।"

मैं- "वाह...किस अदा से लेते हो हमारा नाम।"

वो- "अब वो तो देखते ही बनता आपको, मौका अब मिला है तो ऑबवियस है।"

मैं- "तुम्हारी दिलेरी का भी जवाब नहीं।"

वो- "आपकी अदाओं का भी

वैले दिलेरी जम तो रही ना?"

*# खटका

मैं- "सोचते रहो,

सब कुछ जुबाँ से कहा तो क्या कहा?"

वो- "अब ये शायरी थी या बात... हा हा हा।"

मैं- "जैसे ले सको।"

वो- "हम तो खिलाड़ी ठहरे, आप हैंडल ना कर पाओगे।"

मैं- "कुछ माइंड गेम भी होते हैं,

बैट बॉल जरूरी नहीं।''

वो- ''बैट बॉल से एक्सपीरियन्स मिलता, माइंड से कनफ्यूज।''

मैं- ''हर गेम में माइंड चलता है।''

वो- ''चलने दो, दोनों मिलके।''

मैं- ''इतना दिमाग अपने स्टार्ट अप बिजनेस में लगाते तो लाइम लाइट में आ जाते .... इंजीनियर साहब।''

वो- ''लगाएँगे जरूर।''

मैं-''पहले यहाँ से तो हटाओ''

वो- ''अब आप भाग रहे मतलब
हम्म्म ठीक है।''

मैं- ''नहीं... बिल्कुल फ्री हैं आज,
तुम्हें काम है तो जा सकते हो।''

*# मैं तैनू समझावा की ना तेरे बिना लगदा जी तू की जाने प्यार मेरा मैं करूँ इंतजार तेरा

तू दिल तू यो जान मेरी...

वो- ''नहीं, बट अपने-आप से दूर करने की कोशिश देखी, वो तो ना हो पाएगा ''

मैं- ''अब तुम्हारे वो का यहाँ क्या मतलब है?''

वो- ''कुछ नहीं समझोगे, नहीं?''

मैं- ''तुम समझा दो,
इतने भी नासमझ नहीं।''

वो- ''अब रोमांटिक चीज आप कैच नहीं कर पा रहे। हा हा
यू नो टेस्ट रिकेगनाइजेशन।''

*# इतना एटीट्यूड.. गेम स्टील ऑन विद फुल पॉवर!!

मैं- ''अब ये तुम बताओगे?
रोमांस ही रोमांस भरा है,
आँखों से ही कयामत ला सकते हैं।''

वो- ''अब फीलिंग तो फीलिंग होती,

जो एक तरफा होती

ऐ दिल है मुश्किल

मैं- "आये ना सही रास्ते पर,

रोमांटिक चीज करना नहीं जानते... हाँ?

किया ना कैच आउट?

सो सोनियो..."

वो- "आय एम गुड कंडक्टर।"

मैं- यस ऑफकोर्स

चलो तुम्हारा मन कहीं और है अभी..मिलेंगे फिर।"

वो- "अरे नहीं,

आप में ही है,

सीरियसली!

एक्चुअली आप मैटर से कन्फ्यूज्ड हैं"

*# एक्जेक्टली... पर कन्फ्यूज मैटर से नहीं, इस बात से हैं कि ये मैटर ऑन द वे जाने दें कि नहीं...हिचक यू नो।

मैं- "हम तो सामने ही हैं फिर इतना क्या सोच रहे हो... झूठ बोलते कुछ नहीं हो रहा?

कन्फ्यूजन... अब अगर एक दफा और ये लफ्ज कहा ना तो चले जाएँगे... सच में।"

वो- "ओके,

सॉरी,

झूठ नहीं,

हम खो जाते,

आपका सोच के,

यू नो इमेजिन।"

मैं- "बता क्यूँ नहीं देते बात क्या है?"

वो- "जानने वाला होना।"

मैं- "इमेजिन ही करते रहो, वो ही अच्छे से कर सकते हो।"

वो- “हाँ तो सामने तो हो नहीं अब।”

मैं- “अभी किससे बात कर रहे हो? सामने ही तो हुए ना?

माने मजे हममें हैं, हमारी बातों में नहीं?

मॉरल ऑफ द स्टोरी इज...रहो अपनी इमेजिनेशन के साथ।

हम ज्यादा बोर नहीं करते... बाय बाय।”

वो- “अरे,

यू आर इंटरेस्टिंग।

बिजी रह कर भी आपको टाइम दे रहे वैसे,

सोचो कैसी वर्थ है आपकी।”

मैं- “जर्रानवाजी के लिये शुक्रिया।”

वो- “इसका मतलब?

मैं- “मतलब जो अपना कीमती वक्त हमें दे रहे उसके लिये थैंक्स!

इट इज ऑलवेज अ ग्रेट एक्सपीरियन्स टू चैट विद यू।

नेक्स्ट हमारी बात कब होगी?”

वो- “माय प्लेजर।

लव योर अदा।

अब तो चलती रहेगी,

बस ब्रेक होंगे।

हम भी यही चाह रहे,

मान भी जाओ अब तो।”

मैं- “चलो मान गये...पर ये क्या बात? कहाँ चले जाते हो बार-बार अचानक से?”

*# अब कुछ सेकेंड्स के गैप भी नागवार हो जाते है!

वो- “हमारी एनर्जी आपके लिये बहुत ज्यादा है

फुल इन ऑन।

सॉरी,

मोबाइल प्रॉबलम थी।”

मैं- "अब ये मुश्किल भी झेलनी पड़ेगी ?"

*# लानत है तुमपे टेलीकॉम कंपनियों। हम जैसों की बदौलत ही करोड़ों- अरबों का रेवेन्यु कमा रहे हो और हमीं को त्रास... डूब मरो।

वो- "रहेंगे तो करीब ही पर
अब तो हम जिद्दी हो गये,
आपके लिये।
मान लेना, अटैचमेंट स्ट्राँग।"

मैं- आज दिन चढ्या तेरे रंग वरगा फूल सा है खिला आज दिन

वो- रब्बा मेरे दिन ये ना ढले वो जो मुझे ख्वाब में मिले उसे तू लगा दे अब गले तैनू दिल दा वास्ता

*# एक्सप्रेशन ही एक्सप्रेशन....
यस, ट्रुली एक्सपीरियन्स विद यू।
आपके ना मैसेजेस मुझे खीच लेते,
बट ऐसे में मिलने की इच्छा भी होती;
फिर क्या करोगे"

मैं- "खुशनसीबी हमारी।"

वो- "और हमारा भाग्य,
और सपना,
दिल कहे पास बुलाये।"

मैं- "दिस इज माय डार्लिंग।"

वो- "यस, ऑल इज योर्ज।
यू आर फ्री टू शेयर एनी थिंग हियर।
एम योर सीक्रेट एम योर हार्ट

मैं- इट्स वेरी हार्ट टचिंग सोणिये....

वो- "लाईकिंग इट इट्स बेस्ट,
योर ईच एंड एवरीथिंग अट्रैक्ट्स टू द सोल।"

*#उफ्फ.... हार्ट इज फेल्ट सो टची... अरिजीत के साँग बैक-टू-बैक बैकग्राउंड म्यूजिक की तरह बजने लगे और हम उन गानों की नायिका

की तरह फील करने लगे क्या नशा...

मैं- ''बस, अब इसके बाद अब और कुछ नहीं सुनना है। इसी मोड़ से वापस जाएँगे अगली बार मिलने के लिये। ना ही कुछ कहना है अब।''

*# हैंगओवर में रहना है अब!

वो- ''अरे, हमारे पास हो तो खतम नहीं होना कुछ भी।

सोच लो, मिलने पर तो आप खो जाओगे मतलब।

इट्स इनफिनीटी

हा हा हा

डरर... ?''

*# हाँ डर.. इस बात का कि ये कभी हो पाएगा या नहीं!

मई 5

वो– "इफ यू डू राइट नो वन रीमेंबर्स, इफ यू डू रॉंग नो बडी फॉरगेट्स"

कोट भेजा ... दिन की शुरुआत

मैं– "आइये आपका इंतजार था...
डू वॉट एवर यू वाँटेड टू डू मैन
राइट आर रॉंग
लोगों की बला से ?"

वो– "हाहाहा
सिर्फ बातें हैं ये सब,
अब फरमाइये मोहतरमा।"

मैं– "आगाज आपका है अंजाम भी आप ही दें।
(सिर्फ बातें है ये सब)* आय नो
इट्स जस्ट स्टार्ट अप फ्रॉम योर साइड

वो– "हेहे, और आपकी तरफ से
ठंडा स्टार्ट अप।"

मैं– "थम्स अप ... चलो कुछ तूफानी करते हैं।"

वो– तूफानी ही नहीं,
ब्लास्ट करते हम तो।"

मैं– "लेट सी हाऊ..."

वो– "हाय ये गरमी की आफत;
अब गरमी को गरमी ही मारती है,
सुना है"

मैं– "हे.. गिव मी जस्ट वन आवर .. आय विल बी बैक एन दैन वी विल कन्टीन्यू।"

*#विलेन कभी पीछा नहीं छोड़ते.. मदहोशी में रेड़ मारना जरूरी!

वो- ''ऑफकोर्स

मैं- कमिंग सून

वो- ''योर्स.. फुल डे रिजर्वड।''

*# ऑफ्टर सम टाइम ....

मैं- ''शैल वी,

लेट्स स्टार्ट...

(सिर्फ बातें है) *सिर्फ बातें नहीं है ये सब...

बकवास है;

बातें तो वो हैं जो हम करते हैं... इजन्ट इट?''

वो- ''हा हा हा,

आप तो चीज अलग;

बातों से काम चलता है''

*# मैं जानती हूँ तुम्हारा इससे नहीं चल रहा... पर क्या कीजिये!

मैं- ''एम आय चीज?

से समथिंग डिफरेंट, समथिंग क्लासी।''

वो- ''क्वालिटी एनेलिस्ट यू आर''

मैं- ''हम ही पे?''

वो- ''हाँ जी, हम तो सटीक निशाने लगाते।''

मैं- ''कब से?''

वो- ''मत पूछिये, पीछे जाना पड़ेगा।''

मैं- ''जाओ।''

वो- ''नहीं, वी टायर्ड फ्रॉम पास्ट

मैं- ''ठीक है आज को ही जियो फिर।''

वो- ''वो ही ना, आज की पिक्चर में आप का रोल भी तो है।''

मैं- ''हाँ तो हम अपना रोल प्ले कर भी तो रहे है ना।''

वो- ''हाँ ऑफकोर्स,

लीड रोल जो है,

वूमनसेंट्रिक।''

मैं– "फिर तो समझो नेशनल अवार्ड विनिंग मूवी बनेगी,
एन आर्ट मूवी; कमर्शियल हीरो इन अ क्लासिक रोल,
सुपर हिट,
500 करोड़ कलेक्शन।"
वो– "हा हा,
ब्लॉक बस्टर,
ऑल टाइम वॉच।"

मैं– "कहाँ ध्यान है या... ऑफलाइन हो जाते हो .. बिजी समवेयर?"

वो– "नेटवर्क प्राबलम,
मुझे लगा आप चले गये।"
मैं– "हम यहीं हैं, तुम्हारी तरह प्राबलम में नहीं हैं।
सी अगेन....
सारे प्लेटफॉर्म पर एक साथ रहना चाहते हो..दो नावों की सवारी।"
वो– "हा हा हा,
वो तो अपडेट,
अब आप पूरी तरह सवार कहाँ हो?"
मैं– "हम तो अपनी नाव पर ही हैं।"
वो– "नाव नई है ना,
झुकाव से आपको डर लगेगा"

मैं– "बताएँ अभी? ज्यादा तेज चल रहे हो, मुनादी पीट रहे हो जहाँ में।"

*# एफ बी पर रिलेटेड कोट अपडेट किया है, अभी–अभी उसी पे कहा ये...

वो– "आपको चिढ़ाने का मजा अलग,
योर गुस्सा इज योर "अदा"
क्या हुआ,
किस चीज की बात कर रहे?"

मैं- ''किसी की नहीं। बस बात कर रहे।''
वो- ''ओके अब हम तो मूडी हैं समझो।''
मैं- ''मी टू। तुम भी समझो।''
वो- ''हम हाई लेवल के हैं''
मैं- ''अरे जाओ वड्डे आये।''
वो- ''अरे वही बात है,
उसके लिये करीब होना जरूरी है।''
मैं- ''दूर रहकर क्या फर्क पड़ता है?''
वो- ''पास की बात अलग है
बहुत सेंसेटिव हो जाता''
मैं- ''तुमपे ये सूट नहीं करता फूलटू फ्लर्टी।''
वो- ''अरे सब करेगा,
बिना एहसास के नहीं जान पाओगे,
जब तक पूरी तरह दिल में नहीं बसाओगे हमें।''

*# ''किसी के दिल में क्या छुपा है ये बस खुदा ही जानता है, दिल अगर बेनकाब होता तो सोचो कितना बवाल होता!''

मैं- ''इतना छोटा सा मासूम सा हमारा दिल,
उसमें तुम बदमाश
व्हाट्सएप पर ही रहो!!
वो- ''बदमाशी की उमर हैहा हा हा।''
मैं- ''तुम्हारी तरह की कई बिखरी पड़ी हैं दुनिया में,
जाओ और मारो मस्ती।''
वो- ''हा हा, आप भी टक्कर दे रहे जबरदस्त।''
मैं- ''हम अपनी तरह के एक ही हैं;
किसी से कोई टक्कर नहीं।''
*# नखरा, अदाकारी
वो- ''ओके बिंदास गल।''
मैं- ''सो हथियार टेक दिये हीरो ने?''

वो- "और हीरोइन भी नहीं मान रही।"

मैं- "मना के देख लो।"

वो- "कहाँ मान रहे,
आप तो दूर से बच के निकल रहे।
हा हा।"

मैं- "तुम्हें मनाना ही नहीं आता।

अनाड़ी हो... गर्लफ्रेंड होती तो शायद कर सकते थे, एक्सपीरियन्स रहता ना... फायदा मिलता।"

वो- "आप समझे नहीं
नया एक्सपीरियन्स लेना है
अब गर्ल फ्रेंड छोड़ो,
सामने सब कुछ है अब और कुछ ना चाहना"

मैं- "क्यूँ पुराने से बोर हो गये?"

वो- "पुराना कुछ नहीं;
ये है, सब नया
सो वाँट टू इंडल्ज डीपली।"

मैं- "आय हाय ...माने तू ही मेरा दिल तू ही मेरी जान... हमारे लिये?"

वो- "यस।"

मैं- "डीपली इंडल्ज होने के लिये डेप्थ में जाना होता है।"

वो- "हाँ तो आ जाइये डेप्थ में।
ऑल इज योर्स।"

मैं- "हम अपने नहीं तुम्हारे बारे में कह रहे हैं,
हम सतही नहीं,
गहरे समाये हुए हैं।"

वो- "ओह हो,
माय प्लेजर।
पूरा ही समाना बेहतर,

हम भी पूरे टाइम आपके लिये इंगेज्ड हैं।''

मैं- ''अच्छा ये रहने दो और क्या तुम बताओगे पहली बार जब तुम हमसे मिले थे तो तुम्हारे दिल-दिमाग में क्या आया था?

बी ऑनेस्ट।''

वो- ''जस्ट लाइक अट्रेक्ट टूवर्डस समथिंग।

कुछ तो हवा में जादुई चीज थी

जो पास ला रही थी

तो क्या चाहते अब?''

मैं- ''आय वाना वॉट नो इज दैट समथिंग?''

वो- ''वॉट एवर बट इट इज फील

स्पेशल

इंटरेस्टिंग

अट्रैक्टींग

दिस इज पॉवर

अब है तो है।''

मैं- माने हकीकत कभी जान नहीं पायेंगे?

बट इट साउंड नाइस।''

वो- ''हकीकत तो महसूस होना जरूरी,

बट यू आर मोर दैन क्लोज टू मी''

मैं- ''खुशनसीबी''

*# ये कौन जान पाएगा मन इस वक्त कैसा हो रहा था, भीगा भीगा सा ओस की बूंद की तरह थरथराता हुआ!

मेरे मन ये बता दे तू किस ओर चला है तू

क्या पाया नही तूने क्या ढूंढ रहा है तू

जो है अनकही जो है अनसुनी वो बात क्या है बता...

वो- ''वावो,

सेम टू यू,

गर्ल फ्रैंड बनाने में भी वैसी फीलिंग नहीं जैसा आपके करीब आने

में''

*# मैं मन ही मन सालसा कर रही हूँ अब!

मैं- ''आव... आज का डोज मिल गया;
इसके बाद ना कुछ कहने को ना कुछ सुनने को''
वो- ''फीलिंग स्पेशल।''
मैं- ''यू डिजर्व इट,
तुम हमें खास महसूस कराते हो,
कुछ तो खास है तुममें।''
वो- ''अब वो तो आप बताओ क्या खास?
फील आपने किया तो होगा।''
मैं- ''तुम्हारा इनीशेटिव लेना वो भी बहुत खूबसूरत तरीके से,
यू हैव एन आर्ट ऑफ टॉकिंग,
समाँ बना देते हो...
इट्स योर पॉवर
आय लाइक द मोस्ट
वो- ''एंड आय लाइक एनटायर सोनियाकैसे बताये अब ''
मैं- ''एंड डैशिंग पर्सनालिटी... वैरी अट्रैक्टिव
यू आर ट्रू चार्मिंग
ट्रूली स्पीकिंग ...यू फैसीनेट मी।''
वो- ''बट जब आप चुप बैठे रहते हो तो
लुकिंग डैम हॉट ओफ्फ ''
मैं- ''इट्स माय स्ट्रैन्थ, माय पॉवर, माय ब्यूटी।
एक्च्युअली ये ही हमारी जुबाँ है,
कुछ कहो मत पर अगला बहुत कुछ समझ ले।''
वो- ''यस,
तभी तो पास आ के बैठने पर मजबूर हो गये थे।
अब जमाने के सामने खुल के बैठ नहीं पाये,
तभी तो मीटिंग जरूरी''

मैं- ''नाऊ आय एम अप इन द स्काय''

वो- ''एम आलसो,

एंड वाँट क्युरियस टू मीट यू सो लाँग''

मैं- ''मिलेंगे जल्दी ही।''

वो- ''स्पेंडिंग क्वालिटी टाइम

जमाने से दूर''

मैं- ''यप्प। आय वाना टू।''

वो- ''कॉज ये जमाना।''

मैं- ''जमाना तो साथ ही रहेगा,

उसे कहाँ अलग रख पाएँगे....

वो- ''रख लेंगे कुछ देर।''

मैं- ''हमारा वक्त हमारा ही होगा इसके बावजूद।''

वो- ''यस थैंक यू,

नाऊ एम मोर अट्रैक्टिव टू यू।''

मैं- ''हाँ, हम तो कुछ भी कहें.. तुम और ज्यादा अट्रैक्ट हो जाते हो।''

वो- ''अच्छा हुआ करीब नहीं हो,

नहीं तो बात अलग।

अब आपको देखकर पास में ही रहने का मन करता तो क्या करें?''

मैं- ''अभी तो हकीकत में देख नहीं पा रहे तो ये हाल है''

*# सडनली ऑल द लव साँग्स वर अबाउट यू.... तू जरूरी सा है मुझको जिंदा रहने के लिये..

वो- कोई नहीं, सारी कसर पास में रहके निकाल लेंगे।''

*# मार्क किया...वेटेज एक-एक बात पर

मैं- ''सामने होंगे तो क्या होगा?''

वो- बस ऐसे ही,

अब तब की तब देख लेंगे, कि क्या पॉवर है और रहेगी।

आय कैन फील।''

मैं- अच्छा जी...

वो- "बट सीरियसली

यू आर डैम गल"

मैं- "तुम्हारी नजर,तुम्हारा नजरिया...

वरना ऐसी तो कोई बात नहीं।"

वो- "हा हा ओके। बट आय लाइक इट, बात तो है आपके हर चीज में।

योर इच एंड एवरीथिंग।"

मैं- "मेड माय डे।"

वो- "थैंक्स सेम टू यू।"

मैं- "तो अब चलें?"

वो- "यस यू कैन।"

मैं- "दैन से बाय-बाय,

वो- "अब छोड़ने की इच्छा तो नहीं आपको

चिपक कर ही रहेंगे"

मैं- "से गुड बाय ..अंजाम तो आज तुम्हें ही देना है बात को। कहो और जाओ फिर आने के लिये।"

वो- "ओके बाय सी यू सून।"

मैं- "सी या वैरी सूनबाय।"

वो- "ओके

मई 7 12:50

वो- "ओह हो...नाइस डी पी साइट।"

मैं- "एन्जॉय द साइट सीन।"

वो- "अच्छा व्हाय नॉट?"

मैं- "वैसे कहने की जरूरत नहीं थी, वो तो तुम कर ही रहे थे।"

वो- "क्या बात है!

स्मार्ट वुमन से पाला पड़ा है।"

मैं- "अब समझे हो?"

हमें भी अच्छा सीन दिख रहा है सामने,

मैन इन ब्लैक।"

वो- "थैंक्स

आपको ही देख रहे यहाँ से।"

मैं- "देखते रह जाओगे।"

वो- "अब मौका तो मिले सामने आने का।"

मैं- "सामने ही तो हैं।"

वो- "अरे ऐसे तो सब सामने है

बातों में जोर रहता है सामने आने पर ठंडे पड़ जाते अक्सर लोग हमारे;

यू नो कॉन्फीडेंस।"

मैं- "कॉन्फीडेंस की तो तुम्हारे दाद देते हैं।

आज भी याद है तुम्हारा पास आ के बैठना और हमसे बात कर जाना;

अच्छे अच्छे नहीं कर सके, अगर हमने शुरुआत नहीं की तो।"

वो- "अब तो लोग खिलाड़ी होना चाहते, और हम खेल बन गये।"

*# कॉन्फीडेंस लेवल और म्युचुअल अंडरस्टैंडिंग अपने हाई लेवल पर...

मैं- "ना जी हम कुछ और नहीं बनना चाहते, जो हैं वही रहना है हमें।

अपने आप को तुम जो समझो, च्वाइस इज योर्स।"

वो- "हम तो जो सामने वो समझते,

ऑन द स्पॉट, क्लीयर द स्पॉट।"

मैं- "इतना गुरुर?"

वो- "गुरुर नहीं, सामने वाले की रिस्पेक्ट यू नो फुल फ्लेजेड।"

*# ये कह के सीधे दिल में आ गये तुम!

मैं- "जस्ट अ मिनिट।"

वो- "ओके।"

मैं- "या.. अब कहो, फ्री हो तुम?"

वो- "हाँ फ्री हूँ, आपकी खिदमत में।"

मैं- "उर्दू?"

वो- "हाँ क्या करें, आपका समाँ बाँधा हुआ है।"

मैं- "जियो स्वीट हार्ट।"

वो- "हा हा, सोचने समझने के लिये बहुत जाते हो और उसी चीज को कम करके लिखते हो। ऐसा क्यूँ?

*# अब हाल- ए- उल्फत क्या बताएँ? पूरा लिख पाते तो जिंदगी की किताब में ना लिख लेते तेरा नाम। कागज की किताब में ही फंतासी पूरी कर रहे है... अफसोस!

मैं- "ताकि तुम समझ सको पागल और क्या।

तुम तो अभी भी सोच रहे हो देखो,

कहाँ खो गये?"

वो- "अरे..."

मैं- "व्हाट?"

वो- "हम समझे हुए ही रहते,

कि कौन कहाँ एकदम से कंट्रोल कर लेता या ब्रेक लगा लेता"

*# जबरा

मैं– "सुनो जरा इनकी बातें! तुम तो बात-बेबात चले जाते हो। एक-साथ कई लोगों को चला रहे हो, है ना?"

वो– "आइसक्रीम खाते-खाते भी बात कर रहा। देख लो आपकी वेल्यू।"

कॉलेज टाइम पर चलता था,अब सिर दुखता"

मैं– "अरे क्यूँ बड़े हो गये अब, बचपना नहीं करते?"

वो– "हाँ, सिर्फ आपसे। हमने खूब दूसरों की गर्लफ्रैंड छीनी हैं।

जो लड़कियाँ प्यार के वादे उनके बॉय फ्रैंड के लिये करती थीं।"

मैं– "आह... दिल जीतने की अदा कोई सीखे तुमसे, तो अब क्या हुआ?"

वो– "अब बोर हो गये।"

मैं– "इत्ती जल्दी?"

वो– "कोई लड़की जैसे ही बोलती कि मै रिलेशनशिप में हूँ तो मुझे उसके ऊपर खतरा नजर आता

आई नो, प्यार इज फिल्मी वर्ड।

ऑनली अंडरस्टैंडिंग वर्क्स एंड आय बिलीव।"

मैं– "तुम तो सीरियस हो या...

लगते तो नहीं हो ऐसे।"

वो– "कहाँ सीरियस हूँ?

सीरियस नहीं हूँ, तभी तो लोग चिढ़ते मुझ पर।"

मैं– "और ये लोग कौन है बताना जरा... ?

उफ्फ कितना वक्त लेते हो, एक बात कहने में। आइसक्रीम ही खाओ तुम।"

*# चिढ़ाने में मजा आने लगा है शायद..

वो– "हा-हा लोग तो कोई भी हो सकते पर आपके टाइप लोग अच्छे रहते;

जो मुँह पर बोलते, जो कि मुझे बहुत पसंद है।"

मैं– "कोई एक बात जो तुम्हें हमारी नहीं पसंद,

जो कहो उसी पे ये कह देते हो।''

वो- मूडी हूँ।''

मैं- ''आपकी मर्जी और मिजाज के हरगिज हम मोहताज नहीं,

अपने मन के राजा है हम ऐसे भी बेताज नहीं!''

वो- ''अरे वाह, आप तो डूब गये समंदर में।''

मैं- हम तो बहुत गहरे ही हैं,

सतह पर तो तुम तैर रहे हो।''

वो- ''हम सतह पर नहीं तैर रहे,

सतह बनाते हैं।''

मैं- ''डूब के जाना होता है

आग के दरिया में से ....

सतही!

योर आइसक्रीम नॉट फीनिश यट?''

वो- ''हाँ डूब जाओ। हमें डूबने के बाद लगेगा कि सात समंदर पार तक आ गये।

अब आप आइसक्रीम खा रहे हो क्या?''

*# हिसाब-किताब में एकदम खरा!

मैं- ''ना जी।''

वो- ''आय नो,

टाइम लगता, आय कैन अंडरस्टैंड।''

मैं- ''मेरी जान ...वॉट डू यू मीन?''

वो- ''हा हा! अरे अपने मैसेज हैवी और लोडेड होते तो टाइम लगता।''

मैं- ''एक्चुअली तुम धागे का सिरा उलझा चुके हो।''

वो- ''हाँ तो मिल के सुलझा लो हम आपके लिये बैठे।''

मैं- ''फिर वो बात... जाओ तो तुम।''

बैठे रहने से काम नहीं चलता,

उठ के चलना पड़ता है।''

वो- "कहाँ चलें?"

मैं- "उफ्फ..."

वो- "उफ्फ करते हुए
यू लुकिंग हॉट।"

मैं- दिल उछल कर आँखों में आ गया!

वो- "एंड इन डी पी,
यू आर डैम क्या कयामत ढाते हो यार आप ...
करीब होने का एहसास हो जाता।"

मैं- "ऑल योर्स।"

वो- "वोssss पर कब?"

मैं- "एवरी टाइम ....इन डी पी, विद डी पी।"

वो- "एंड इफ आय वांट यू इन फ्रंट ऑफ मी दैन?"

मैं- "सामने ही हैं... एक बार फिर देखो डी पी। दो-तीन चार दस सौ दफा, हर बार सामने हैं।"

वो- "हा हा, ऐसे नहीं फील होगा। अब आपकी आदत है जैसे खाना खाने की होती,
तो बस सामने ही।"

मैं- "बस करो अब।"

वो- "ओके जी।"

मैं- "इस बात से तो लगता है जो कहेंगे वो कर जाओगे हमारे लिये... गुड दैन।"

वो- "हाँ, क्यूँ नहीं! यू आर फॉर मोस्ट।"

मैं- "याद रखना अपनी बात।"

वो- "ओके, अब ज्यादा से ज्यादा क्या कहोगे?"

मैं- "मरने का तो नहीं कहेंगे... जी जाना हमारे लिये बस इतना हीएक नंबर के दुष्ट।"

*# "अब ज्यादा से ज्यादा क्या कहोगे"..काश उसे बात पूरी कर लेनी दी होती, पता तो चलता किस घुंताड़े में है।

वो- "हा हा, जो कहो वो चलेगा।"

मैं- "काश तुम पहले मिले होते, जिंदगी कितनी हसीन होती।"

वो- "हाँ जी, डूब जाते हम तो आप में। वैसे अभी भी आपके हैं बोलो तो जो आपकी इच्छा।"

मैं- "हाssय..."

वो- "हाँ जी,
ऑल इज योर्स,
इच एंड एवरीथिंग।"

मैं- "कसम खुदा की; अभी तो मौत भी आ जाये तो चल पड़ेंगे उसके साथ, बिना किसी कशमकश के।"

वो- "हा हा, योर फ्यूम्स अट्रैक्ट मी।"

मैं- "सौ जान फिदा है तुम पर यंग मैन!"

वो- "सेम टू यू
माय ऑल प्लेजर
इज फार यू।"

मैं- "लेट मी से..
रोज रोज सुबह आती थी मगर ऐसी ना थी
अब बस यहीं रुकते हैं... फिर मिलेंगे।"

वो- "क्यूँ रुकते ?"

मैं- "सामने जो खूबसूरत नजारा हो तो थोड़ा थम के निहार भी लेना चाहिये...चलते चले जाने में नहीं तो उसे खो देते हैं। अगली बार के लिये भी कुछ।"

वो- "आप तो इनफिनीटी हो,
हमेशा कुछ बचेगा ही।
बस वेट है तो कि कोई करीब आये"

मैं- "इससे ज्यादा कहा नहीं जाएगा अब कुछ...खामोशी सुनो हमारी, हॉट लगेंगे।"

वो-ऑव... पर पास में आओ खामोशी दिखाने, हॉटनेस फील कर

लेंगे''

मैं- ''हमने तो सुना था..प्यासा आता है कुएँ के पास; उल्टी गंगा बहाओगे?''

वो- ''अब आए कोई भी, प्यास बुझा के मानेंगे। किसमें कितनी प्यास है, वो तो तब ही पता चलेगा।''

मैं- ''डेअर... ?''

वो- ''यस
इट्स डेट टू डेअर''

मैं- ''नथिंग टू से नाऊ।''

वो- ''से समथिंग
एंड फील द क्युरोसिटी
प्लीज
देअर इज नीड एंड डिमांडेड यू
हियर ऑल द टाइम''

*# कुछ दिन से मुझे तेरी आदत हो गई है
कुछ दिन से मेरी तू जरूरत हो गई है!!

मैं- ''तुम तो बस मिलना...जिस दिन मिलोगे वो तुम्हारा आखिरी दिन होगा सच में। देखो जरा किस तरह बातें करते हो।''

वो- ''हा हा ओ के,
मैं-और हैरत की बात है कि हम सुनते भी हैं।''

*# हाँ जितनी हसीं ये मुलाकातें है,
उनसे भी प्यारी तेरी बातें हैं!!
बातों में तेरी जो खो जाते है
ना आऊ ना होश में कभी....

मैं- ''हमारे हाथ की लकीरों में है एक मर्डर; वो एक तुम ही हो..तय है।''

वो- ''अब नेक्स्ट टाइम से बताइयेगा कैसे करें?
वैसे मर्डर किस तरह करेंगे?''

मैं- ''ये तो उसी वक्त तय करेंगे।

तुम्हें सामने देख के जो मन करेगा ''
वो- ''अहा... फिर तो फील कर लेंगे हॉटनेस।
डन;
रोमांटिक मर्डर।''
मैं- ''तुम्हारा क्या करें,
टोटली लॉस्ट यू आर।''
वो- ''ओके नाऊ कंट्रोल।''
मैं- ''इट्स बीन थ्री आवस...बाय-बाय।''
वो- ''व्हेन टॉकिंग टू यू,
आवर्स सीम्स लाइक सेकेंड्स
सोचो मिलने पर क्या होगा।''

मई 9 10:35

वो- "नहीं छोड़ी कभी,
किसी भी रिश्ते को,
निभाने में मैंने कमी।
आने वाले को दिल का रास्ता भी दिया,
और जाने वाले को दिल का वास्ता भी दिया।"

मैं- "वाह.. आज दिल शायराना सा है।"

वो- "कॉपीड है ये तो।"

मैं- "और तुम कर भी क्या सकते हो? कहाँ हो अभी.... में ही?

वो- "यस।"

मैं- "ओके।"

वो- हा हा हा हा

मैं- "ये क्यूँ।"

वो- "बस मस्ती।"

मैं- "व्हेन योर गल हंगरी.. वीडियो भेजा मैंने।"

वो- "अनबीयरेबल गल्स कॉयनेस।"

मैं- "गल्स विल बी गल्स...इट्स अप ऑन द बॉयज टू मैनेज दैम।"

वो- "हम्म.. सिंगल बैटर।"

मैं- "ओह हो "हज" पर चल पड़े।"

वो- "आप समझे नहीं
बिटवीन सिंगल एंड रिलेशनशिप आय एम।"

मैं- "हम तो ठहरे अनाड़ी, क्या करें। हर बात पे बड़ी रिसर्च करके आते हो।"

वो- "हा हा हा,
बीलिव इन अंडरस्टैंडिंग एंड अट्रैक्शन।"

मैं- "ऐसी बात है?

बिजी हो?''

वो- ''नहीं हूँ बिजी,

पता नहीं कहाँ से आपको लगता?

हर बार बिजी, हम तो बस साँस लेते।''

मैं- ''पता नहीं कहाँ गुम हो जाते हो, सी अगेन।''

वो- ''हा हा, सॉरी सही में बिजी हो गया था।''

मैं- ''नो प्राबलम या..।''

वो- ''हे हे गुड इवनिंग।''

मैं- ''हर बात पे हँसी... गुड इवनिंग।''

वो- ''हाँ हँसना जरूरी, हमारी पर्सनालिटी का राज।''

मैं- ''उफ्फ तुम और तुम्हारी बातें, जाओ अब ... गुड नाइट।''

वो- ''क्या करें,

दिन में फ्री था।

अब आप तो पता नहीं कहाँ बिजी रहते?''

मैं- ''यप्प.. आज काफी बिजी दिन था।''

वो- ''वही तो, खुद भी बिजी ही हो पर हम पैशन वाले बंदे; चीज पूरी आए भले ही थोड़ी देर से सही।''

मैं- ''उफ्फ...बंदा ये बिंदास है, चीज हैं हम?''

वो- ''अब वो एग्जाम्पल था, यू नो इट वॉज सपोज्ड।''

मैं- एक पिक भेजी।

वो- ''ऐसे ही लगते आप एकदम स्टाइलिश।''

मैं- मन कर रहा है उठ के डांस करने लगे इस बात पर

वो- ब्राइट स्माइली भेजी।

*# डू यू नो.... जब खाली स्माइली आए बात के बदले ... मतलब बात खत्म ... राह पकड़ो अपनी!

आज ऐसे ही खट्ट से बात खलास हो गई पता नहीं क्यूँ.... वियर्ड!

मई 12 11:40

मैं- ''मेकिंग द सिंपल कॉम्पलीकेटेड इज कॉमन प्लेस मेकिंग द कॉम्पलीकेटेड सिंपल अ ऑसम सिंपल दैट्स क्रीएटीविटी ''

वो- ''wooo आइ वॉज जस्ट थिंकिंग अबाउट यू।''

मैं- ''खुशनुमा खबर और हम हाजिर।''

वो-यस माय प्लेजर टू मीट।''

मैं- ''इसके अलावा और क्या कर रहे हो तुम आजकल?''

वो- ''स्टडी एन इंटरव्यूज।''

मैं- ''वॉव ... माय बेस्ट विशेज विद यू। कीप इट अप!''

वो- ''थैंक्स।''

मैं- ''समथिंग इज इन पाइप लाइन?''

वो- ''मेनी थिंग्स।''

मैं- ''जस्ट फोकस।''

वो- ''लेट सी व्हॉट इज इन माय लक, यस एम डिलिजेंट।''

मैं- ''गुडलक फॉर यू।''

वो- ''वन्स आय इंडल्ज इन माय वर्क दैन आय फॉरगॉट माय वर्ल्ड इन माय सराउंडिंग''

मैं- ''बेहतर''

वो- ''यस.. जब इसके पहले भी जॉब करता था तब भी मेरे कलीग्स और घर वाले इरीटेट थे

कॉज माय टाइम टेबल वॉज स्ट्रीक्ट। काम करना,खाना खाना खूब और लपक के नींद लेना। और चुप भी रहना

मुझे बहुत पसंद है चुप रहना।''

मैं- ''ओह मा..

इस अंदाज के तो हम भी कायल है,

ऐसे ही खामोश रहा करो।

बड़े ही प्यारे लगते हो...''

वो- ''हे हे,

एम फूडी, खूब मीठा खाता।''

मैं- ''एक आदत तो हमारी मिली।''

वो- ''ओह हो...देखो दोनों को मिलने के बाद डाय बिटीज ना हो जाये।''

मैं-कोई ना शुगर कैंडी बन जाएगी!!

वो- ''वैसे अच्छा लगेगा अगर मिल गये तो।''

मैं- ''बट एम वेरी हेल्थ कॉशस...माय रुटीन इज नॉट लाइक यू... इट्स बैलेंन्स्ड।''

वो- ''एम अलसो फिट।''

मैं- ''मिलेंगे भी।''

वो- ''जिमिंग कर रहा मैं''

मैं- ''मेंटेन।''

वो- ''यस। आय लाइक टू बी स्लीम अक्षय एन रनबीर।''

मैं- ''अनादर सीमिलर चॉइस या....''

वो- ग्रेट!!

मैं- ''कॉन्सन्ट्रेट योर प्रीपरेशन।'' हा हा

*# बात-बेबात इतना हँसता क्यूँ है बंदा... अभी कौन सा जोक सुनाया था।

मैं- ''विश ही सही..मान लो बात।''

वो- ''हाँ तो ठीक है ना, अब आप बोल रहे तो।''

मैं- ''दैन गो एन स्टडी हार्ड व्हेन एवर यू आर फ्री चैट विद मी एनी टाइम।''

वो- ''अभी तो फ्री हूँ, अब आपको कुछ काम है तो कर सकते।''

मैं- ''आय एम एब्स्यूलुट फ्री नाऊ।''

वो- ''ओके, सो एन्जॉय।''

मैं- ''वॉट योर बातें या चुप्पी?''

वो- ''जो चाहो, ऑल इज योर्स।''

मैं- "अच्छा, बातों के वीर।"

वो- "हा हा,

मूड हमारा अच्छा होता तो बातें अंदर से निकलती।"

मैं- "हार्डकोर रोमांटिक हुए तुम तो फिर..बातें तो तुम्हारी आनी बंद ही नहीं होती रोमांटिक।"

वो- क्या करें, फीलिंग्स आर अनलिमिटेड। डूब जाना पड़ता।"

मैं- "लेकिन महफिल लूट लेते हो।"

वो- "ओके थैंक्स,

अब सामने भी तो कौन है रूप की कली सोणिये।"

मैं- "नाम तो बड़ी खूबसूरती से लेते हो, ये जो कहा तारीफ थी?"

वो- "सब थी, डीपेंड करता लेने वाले पर।"

मैं- "फिर तो तारीफ की तरह ही लेंगे,

क्या जाता है, हो कुछ भी।"

वो- "और क्या, रोमांटीनेस का यूटीलाइजेशन।"

मैं- "ज्यादा उड़ो मत हाँ, क्या मतलब है?"

वो- "ठीक है स्टॉप"

मैं- "बिल्कुल ऐसे मान जाओगे हर बात।"

वो- "हाँ जी मोहतरमा,

कंट्रोल भी रख सकते और ऑउट ऑफ कंट्रोल भी जो सामने वाला बियर कर पाये"

मैं- "अच्छा, सामने वाले को आजमाते रहते हो। सबके साथ यूँ ही करते हो या आय एम द स्पेशल केस?"

वो- "यू आर स्पेशल ऑबवियसली सामने आ के देख लीजिये।"

मैं- "अक्सर बात वैसी रह नहीं पाती जैसी कही जाती है, हकीकत में सामने-आने पर।"

वो- "अब हम तो सामने भी रोमांटिक रहेंगे, आप बदलो तो बात अलग पर बस होना अपन दोनों को ही आमने- सामने"

*# मेरा मन कहने लगा पास आ के ना तू दूर जा, तुझे अपना बना

लूँ तुझे तुझसे चुरा लूँ

एक मुझपे करम हो, तू ही मेरा सनम हो, तेरी मुझपे नजर हो साहिबा!

मैं- ''इट्स नॉट फॉर रोमांटिसिजम, उबरो जरा इससे।''

वो- ''ओके।''

*# इतनी जल्दी सरेंडर क्यूँ कर देते हो या..

मैं- ''फॉर श्योर, एक बार आजमाएंगे जरूर।''

वो- ''यस, अब दिल की ख्वाहिश भी जरूरी

अट्रैक्शन स्टील मोर पॉवर फुल।''

मैं- ''तुम तो किस बात पे अट्रैक्ट हुए ये ही समझ नहीं आया अभी तक।''

वो- ''कम्पलीट यू,

एवरीथिंग

इट्स डन

बोलना, अदा

द इनटायर यू

अब समझदार को इशारा काफी''

मैं- दिल की इमोजी भेजी।

वो- ये दिल हमेशा अपने दिल से लगा के रखेंगे।''

मैं- ''पता है ये कितना भी बड़ा झूठ क्यूँ ना हो बट साउंड्स वेरी नाइस हार्ट टचिंग।

इट्स लाइक अ डेजर्ट ऑफ्टर मील।''

वो- ''अब जब ज्यादा फ्रैंक बोलूंगा तो यकीन होगा बट आप फिर बोलोगे कि ज्यादा हो गया।

सीरियसली यू आर डैम?''

मैं- ''एंड आय एम वैरी फाँड ऑफ स्वीट्स''

*# रौ की रवानगी है.. आपका फॉलो करते रहना जरूरी फटाफट... वरना तड़ातड़ी

एक्सप्रेशन्स, इमोशन्स रनिंग अवे...

वो– "फॉंड ऑफ यू।"

मैं– मेड माय डे हैरी....खूब अच्छा लगता है तुम्हें सुनते रहना।"

वो– "हे हे थैंक्स।"

मैं– "हे... समबडी हैज कम, आय कैच यू अप लेटर।"

वो– "ओके श्योर।"

मैं– "स्टडी कब करोगे अगर व्हाट्सएप से नजरें नहीं हटाओगे।"

*# वापस आकर देखा बंदा तो ऑनलाइन ही है....

बेसब्री से इंतजार...

इस बीच कईयों को पार कर दिया होगा मौका अच्छा था... ऑनलाइन देखकर कईयों को शिकायत रहती है भाई हमनें देखा ऑनलाइन थे उस वक्त पर हमें रिस्पाँस नहीं किया, इग्नोर कर रहे हो, कहाँ चक्कर चला रहे हो..ब्ला ब्ला ब्ला..... ।

वो– "हे हे,

कर ली,

आज मैच है मेरा।"

मैं– "विच मैच?"

वो– "क्लब टूर्नामेंट एम क्रिकेट प्लेयर, ऑल राउंडर।"

मैं– "वाह.... "रेमंड"

मैं– "वैसे 8 बजने में तो काफी देर है तब तक पढ़ लो या.."

वो– "पढ़ना माने, इंटरव्यू के लिये?

वो नहीं जो आप समझ रहे?"

मैं– "अरे ... वो ही... ज्यादा बात घुमाओ मत।"

वो– "हा हा

मैं– यहीं से एक लगाएंगे हाँ।

वो– हँसती हुई इमोजी भेजी।

*# इमोजीज ने बात कितनी आसान कर दी बिना बोले भी काफी कुछ एक्सप्रेस कर दो

ना बोले तुम ना मैंने कुछ कहा, मगर ना जाने ऐसा क्यूँ लगा, धूप में खिला है चाँद दिन में रात हो गई, प्यार में बिना कहे सुने ही बात हो गई ....!

मैं- "तारीफ क्या कर दो लोगों की, सर पे सवार हो जाते है"

वो- "अरे करी ही कहाँ हमारी तारीफ अच्छे से।"

मैं- "इससे ज्यादा के लायक हो?"

वो- "पता नहीं, अब वो तो आपने देखा।"

मैं- "शातिर!"

वो- "वैसे आपके इस डी पी वाले पिक के बारे में क्या कहें? यू आर लुकिंग डैम हॉट यार।

एन एक्सप्रेशन।"

मैं- और भी कर सकते हो हम सिर पर सवार नहीं होंगे... तुम पता नहीं कहाँ से ये नजर पाये हो...कितनी बार देख चुके हो।"

वो- "क्या करे अब?

ज्यादा देखो तो करीब आने की इच्छा होती इसलिए छोड़ो।"

मैं- "तुम्हारे इस पागलपन से ना नशा आता है।"

वो- "हे हे, नशा चढ़ने दो। वैसे भी अच्छा हुआ सामने नहीं हो। नशा बढ़ जाता।"

मैं- "पागलपन अच्छा है, पागल हो गये तो बात गई बी केयरफुल।"

वो- "मतलब?"

मैं- "मतलब पूरे पागल मत हो जाना।"

वो- "ओके।"

मैं- "सी ... असर बढ़ता ही जा रहा है।"

वो- "कैसा? आप पर तो हो नहीं रहा हमारा असर।"

मैं- "हो रहा है ना।"

वो- "कहाँ हो रहा? आप तो बच रहे करीब आने से।"

मैं- "थाउजंड्स माइल्स अवे या...इससे ज्यादा नजदीक आना जरा

मुश्किल। दूरियाँ यू नो?''

वो- ''वही तो करीब आने का इंकार।''

मैं- ''अब चलो तो तुम्हारा रिकॉर्ड एक ही जगह जा के अटक जाता है।

कोई भी गाना लगाये तुम एक ही ट्यून पे ले जाते हो।''

वो- ''हा हा, ओके।''

*# इतनी जल्दी क्यूँ बात मान जाते हो या..

मैं- ''सी यू सून ... ऑल द बेस्ट फॉर योर टूर्नामेंट, जब भी वक्त मिले बात करना हमें इंतजार रहेगा। बाय। थैंक्स अगेन एक खुशनुमा मुस्कान हमें देने के लिये!''

वो- ''वेलकम! थैंक्स। बाय''

मई 15 7:28

मैं- ''हे.. डू यू रिमेंबर समथिंग?''

वो- ''यस ऑफकोर्स, रिमेंबर फॉर एवर।''

मैं- ''ऐसा लगता तो नहीं...वरना तुम ही कहते कुछ तो।''

वो- ''वॉज बिजी बट माइंड एक्टिव।''

मैं- ''ओके दैन बिजी बी...कहने को कुछ रहता ही नहीं।''

वो- ''कहने को तो बहुत कुछ है, पर सुनने वाले भाग जाते बार बार। हा हा हा।''

मैं- ''याद भी हम दिलाये और बकवास भी हम ही सुनें? ये भी खूब रही।''

वो- ''हा हा हा बकवास? अब जो बोलोगे वो सुना देंगे, कोई इश्यू नहीं।''

मैं- ''तुम रहने ही दो अच्छा

वो- ''मतलब टेस्ट चेंज।''

मैं- ''तुम्हारी तरह नहीं हैं, अपने से कंपेयर मत करो।''

वो- ''तो हमारा लेवल क्या है आपकी नजर में?''

*# मैं तेरे काबिल हूँ या तेरे काबिल नहीं

मैं- ''मायूस होने की जरूरत नहीं है.जो है काफी है।''

वो- ''कान्फीडेंट लोग मायूस नहीं होते।''

मैं- ''गिरगिट... एक पल पहले आँसू गिरा रहे थे। चश्मा पहन लेने से हकीकत नहीं छुप जाती।''

*# जस्ट डी पी चेंज करने पर मेरा कमेंट!!

वो- ''अब वो तो आप सोच रहे हम तो आपकी रिसपेक्ट के लिये पूछ रहे थे''

*# मजाल है हार मान ले!

मैं- ''जहे नसीब...इज्जत बख्श रहे हो।''

वो- ''हे हे, आप भी एक कदम आगे एक कदम पीछे।

*# मारे गये गुलफाम

ऐसे काम नहीं चलता,

बातें सिर्फ बातें ही होती।''

मैं- ''हाँ बातें सिर्फ बातें ही होती, कीप असाइड हार्ट एंड माइंड।''

वो- ''यस,

तभी तो बोला एज यू विश। हम तो ऑल राउंडर हैं।''

*# दिल पे मत लेना एक भी बात, दिल में लेना एक एक बात!

मैं- ''अब देखो इसी को फालतू बात कहते हैं, बात शुरू कहाँ से की और चल किधर को पड़ी।''

*# शिट्ट...आग धधकते ही अलाव से लकड़ी क्यूँ खींच लेती हूँ मैं।

वो- ''हा हा, ठीक है। बीइंग रियल।''

मैं- ''क्या है रियल?''

वो- ''हम बेशक।''

मैं- ''ओह हो, क्या कर रहे हो अभी?''

वो- गैलरी में बैठा हूँ शांति से।''

मैं- ''बैक ग्राउंड में जो घर है वो तुम्हारा है?''

*# डी पी देखकर पूछा

नहीं पिकनिक स्पॉट है। हम गये थे। ये है और पिक्स ... 4 भेजीं तुरंत।''

मैं- ''हीरो लग रहे हो।''

वो- ''अच्छा,

मैं हीरो और आप हीरोइन।''

मैं- अहा..सच में

वो- हाँ जी!! सोणियो...

मैं- ''इतना कहाँ गुम हो जाते हो, बालकनी में से नजारा काफी अच्छा आता है क्या?''

वो- "नहीं अब इतनी मेहनत कहाँ होती? आए तो वेलकम, जाए तो भीड़ कम।"

मैं- "उफ्फ।"

वो- "हा हा।"

मैं- "मन कहीं और ही है तुम्हारा.. कैरी ऑन।"

*# आखिर इतने लंबे गैप लेता क्यूँ है इट इज अ बिग क्वेश्चन... लाइक बिग बैंग थ्योरी!

वो- "नहीं है यार,

डोंट ओवर थिंक हम तो शांत प्राणी हैं।"

मैं- "इतने भी शांत मत रहो...तूफान आने का अंदेशा होता है।"

वो- "तूफान की अनुमति सामने से ले के ही लाते हैं। वो भी कंट्रोल में है, हम भी चुप रह के एनर्जी बचा रहे।"

मैं- "अच्छा और भला ये कहाँ से और कब सीखा?"

वो- "नेचर है, सिखाते तो अपने जूनियर को हैं, जिनको जरूरत है"

मैं- "अगर ऐसा होता ना तो आज हम दोनों बात नहीं कर रहे होते जनाब। तुम अपने नेचर के साथ अपने घर में होते और हम अपने। याद करो जरा।"

वो- "मैं किसी और चीज की बात कर रहा।"

मैं- "बात कराओ खाली इनसे।"

वो- "यू नो हुनर।"

मैं- "उंहूँ..हुनर।"

वो- "हा हा। आप तो एक बात को 100 तरीके से समझते, ये भी एक हुनर।"

मैं- "इट्स कॉल्ड हुनरमंद।"

वो- "इट्स गुड एंड एक्सपीरियन्सफुल"

मैं- और क्या चल रहा है? हैड डिनर?"

वो- "यस ऑन टाइम एंड यू?"

मैं- “यप्प @ 7: 30।”

वो- “सो व्हाट यू हैड इन डिनर?”

मैं- “सूप, सलाद एंड वेजीस।”

वो- “ओके फिट।”

मैं- “एंड यू?”

वो- “सेम बट श्रीखंड इन डेजर्ट।”

मैं- “वॉव.. एंड हियर इज ब्राउनी विद आइसक्रीम”

वो- “वॉवो...स्वीट टुथ।”

मैं- “वॉट?”

*# अब स्वीट टुथ बोल के तुरंत ट्थब्रश करने चला गया क्या? हाइट ऑफ इरीटेशन

मैं- “एटलिस्ट से गुड बाय एंड दैन गो..

वॉट इज दिस या... ?”

वो- “हा हा हा, गुड बाय नहीं कहते। आपसे कनेक्टेड हैं फॉर ऑलवेज। आय थॉट यू वर बिजी।”

मैं- “होते तो स्टार्ट ही नहीं करते, ऑलवेज का गाना मत गाओ। वोह हमें पता है.. फालतू बात।”

वो- “अब हमें लगा कि आपके चाहने वालों की कमी नहीं तो हम कहाँ लगते कुछ”

मैं- “हर एक की अपनी जगह होती है, तुम्हारी अपनी है। तुम्हें कैसे पता कि हमारे चाहने वालों की कमी नहीं?”

*# क्यों नहीं कह पाई कि तुम्हारी जगह तो दिल में है, दिमाग में है, जिंदगी में है। सही टाइम पे कभी सही काम नहीं कर पाये... फट्टू हम।

वो- “उसमें पता करने की जरूरत नहीं, दिल सबके पास होता है सोणियो जी; धड़कन बढ़ाने वाली बहुत कम होतीं”

मैं- “ऑअवव... ये था आज का टॉनिक”

वो- “नॉट टॉनिक, इट्स रिएलिटी।”

*# सच्ची सी है ये तारीफें दिल से जो मैनें करी है

मैं- ''अब आई मेरे हैरी में जान।''

वो- ''जान तो है बस सामने वाला तो जाने।''

मैं- ''सौ जान कुरबान।''

वो- ''थैंक्स, माय प्लेजर।''

मैं- ''सो स्वीट ऑफ यू।''

वो- माय सोणा

मैं- ''चलो अब चलते है फिर मिलेंगे...शायद जल्दी ही गुड नाइट। टेक केयर।''

वो- ''ओके गुडनाइट।''

मैं- ''सी या।''

वो- ''यप्प।''

*# बड़ा अनमना सा अंत आज का! एकदम से ब्रेक लगता है तेज रफ्तार से चलती गाड़ी पर.... दूर तक चर्र की आवाज पीछा करती रहती है!

मई 17 7:05pm

वो- "GIF भेजा है एक।"

मैं- "सुपर्ब, एवरीथिंग इज परफेक्ट एंड ब्यूटीफुल एज दे आर। हाऊ आर यू ?"

वो- "यस।"

मैं- "क्या हुआ जवाब भी नहीं दिया..खैरियत है ?"

वो- "सब रंगीन है अपना।"

मैं- "फिर ठीक है।"

वो- "जिंदगी और लोगों से शिकायत नहीं रखते,
जो चाहा वो दिया है उसने
और जो हमें नहीं चाहते उन्हें भी
हमने वक्त नहीं दिया।"

मैं- "खुशनसीब हो और खुशमिजाज भी, सही चल रहे हो।"

वो- "हाँ जी, ज्यादा लोड नहीं लेते पर फिर सामने वाले को हमारा लोड लगता।"

मैं- "क्या हुआ है तुम्हें ?"

वो- "कुछ नहीं, आपको एक्सपीरियन्स शेयर कर रहे।"

मैं- "तुम हर बात कहने में इतना वक्त क्यूँ लगाते हो ? क्या सोचते रहते हो ? हैरत है ये एक्सपीरियन्स भी मिल चुका है तुम्हें ? यकीं नहीं होता।

कहाँ मसरुफ हो ?"

वो- "काम भी करता रहता साथ में कुछ ना कुछ।"

मैं- "अच्छा तो काम में दिल लगाओ, बेकार डिस्टर्ब नहीं करते।"

वो- "अरे बोलो ना, अब क्या करें ऑल राउंडर हैं। बट बात सिर्फ आप ही से कर रहे हैं।"

मैं- "नहीं रहने दो...करो तुम अपना काम। क्या काम था डी पी चेंज की.. ?"

वो– ''हा हा, और क्या। काम तो कुछ भी हो सकता।''

मैं– ''गुड जॉब।''

वो– ''आप क्या कर रहे ?''

मैं– ''तुमसे बात।''

वो– ''ओह हो, और क्यू में ?''

मैं– ''हद है।''

वो– ''हा हा।''

मैं– ''माने ?''

वो– ''कुछ नहीं। इतना मत सोचा करो कुड़िये सिर्फ बातें ही हैं।''

मैं– ''बातें भी बेबात नहीं बोली जातीं, यूँ ही कुछ भी बोल देते हो क्या ?''

वो– ''और क्या, अब इंटरेस्ट लाने के लिये करना पड़ता।''

मैं– ''बहकी हुई सी बातें क्यूँ कर रहे आज... ?''

वे– हा हा, ऐसा कुछ नहीं जी। आपको लग रहा। बताओ क्या सुनना चाहते ?''

मैं– ''तुम जाओ अपना काम करो..कुछ नहीं।''

वो– ''हा हा, अरे बोलो ?

आज गुस्से में हो मतलब।''

मैं– ''अरे नहीं या...

तुमसे क्यूँ गुस्सा और किस बात पर ?

ऐसा कुछ नहीं..

मिलेंगे फिर।''

वो– ''ठीक है।

एज यू विश।''

*# ''फासलों का अहसास तो तब हुआ..जब मैंने कहा मैं ठीक हूँ और उसने मान लिया''

मई 20 3:56pm

*# दोनों ऑनलाइन हैं काफी देर से पर कोई कुछ बोल नहीं रहा.... एक दूसरे को तौल रहे हैं शायद।

मैं- ''क्या सोच रहे हो इतनी देर से? कौन शुरू करे... ?''

वो- ''अरे कुछ नहीं सोच रहा,
बिजी था।''

*# रुक रुक के ये बोलने का अंदाज ...बड़ा ही दिलकश है!

मैं- ''हाँ दिख रहा है, बड़े लोगों की बड़ी बातें।''

वो- ''बड़े लोग तो आप।''

मैं- ''अजी हम कहाँ,
वक्त तो हम ही ने निकाला।''

वो- ''हमारा वक्त तो ऊपर नीचे होता।
कभी फ्री कभी एकदम से बिजी
इसलिये हम किसी को बाय नहीं कहते।''

*# ये जो हर बार ''बाय '' मेरी तरफ से हुआ उस पर हथौड़ा तो नहीं.... ठक्क!

मैं- ''इसीलिए तो बड़े लोग कहा, ऑलवेज से ...सी यू सून, नेवर से बाय।''

वो- ''एक्सपीरियन्स।''

मैं- ''नो इट्स ट्रुथ...अगर तुम किसी से हमेशा जुड़े रहना चाहते हो तो...अदरवाइज बाय-बाय।''

वो- ''अच्छा! पॉइंट।''

मैं- हाँ जी!!

वो- वहाँ गरमी कैसी है?''

मैं- ''वैरी हॉट एंड ह्युमिड।''

वो- ''वहाँ के लोगों से सख्त नफरत मुझे तो।''

मैं- ''ट्रू या.. क्या करें झेलना पड़ता है। ऑल होपलेस।''

वो- "आपको भी आमीन कहने की आदत हो गई।
हा हा।"

मैं- "वो तो पहले से थी... आय लव उर्दू।"

वो- "आप नॉनवेज खाते होंगे?"

मैं- "ना, डू यू?"

वो- "एग?"

मैं- "यप्प।"

वो- "आप भी?"

मैं- "क्या...ओफ्फ या...कितनों के साथ एक साथ चैट करते हो?"

वो- "अरे नहीं
जरूरी नहीं कितनों में लड़कियाँ ही हों
काम की बात भी होती।"

मैं- "हाँ तो हमने कब कहा लड़कियों के साथ..? कोई भी हो फर्क नहीं पड़ता।"

वो- "हा हा।"

मैं- "बस जब हमसे बात करो हमीं से करो वरना कह दो अभी बिजी है बाद में बात करेंगे, सिंपल।"

वो- "चलो कोई समझा तो सही,
अरे वही तो,
उसके लिये आपको रात में बात करनी होगी,
स्पेशल टाइम।"

मैं- "क्यों दिन भर क्या करते हो?"

वो- "कुछ ना कुछ काम रहता।
घर पर रहना तो बहुत कम पसंद करता मैं।
कुछ ना कुछ करता रहता।"

मैं- "क्या कुछ, घर में रहना पसंद क्यूँ नहीं?"

वो- "क्योंकि मुझे जॉब और काम की आदत है।"

मैं- "अभी क्या काम कर रहे हो? डू यू हैव एनी जॉब @ हैंड?"

वो- "प्रोग्राम रन करके देख रहा, जॉब तो है पर मैं जो चाह रहा उसके लिये टाइम लग रहा।"

मैं- "ओह माने वाकई काम कर रहे हो, डिस्टर्ब कर दिया या...। सॉरी, कैरी ऑन।"

वो- "वही मैं बोलता आ रहा,

मैं ऐसे ही बात करता,

प्रोफेशनल लोग ऐसे ही बात करते

सो यू कैरी ऑन।"

मैं- "रात में भी बात कर सकते हो।

अगर उस वक्त फ्री हुए तो जरूर बात हो जाएगी, एक्सट्रीमली सॉरी।

सीधे से पहले ही कह देते ना..इतनी बात घुमाते हो क्या करें? चलो मिलेंगे फिर... सी या आय एम नॉट सो प्रोफेशनल।"

वो- "अरे बात तो कर सकता। आप अपने ऊपर क्यों ले रहे? ट्राय टू अंडरस्टैंड।"

मैं- "या अंडरस्टूड... बट अननेसेसरी माइंड डाइवर्ट मत करो। अब जब तुम फ्री होगे तब बात कर लेना अगर दिल करे तो।"

वो- "नहीं होता अब माइंड डाइवर्ट,

दिल तो हमेशा ही करता।"

*# तू चाहिये तू चाहिये शामो सुबह तू चाहिये.... तो दिल की सुनो ना...दिमाग को क्यों हावी होने दे रहे?

वो- माय लव

मैं- माय सोणा

मई 22 10:50

मैं- ''बड़ी प्यारी डी पी है! ऐसे देखते हुए ...बड़े अच्छे दिख रहे हो।''

वो- ''अच्छा, थैंक्स सो मच फॉर नजरिया।''

मैं- ''अब खाने की लत की तरह नहीं रह गये हम! डाइटिंग पर भी बड़े आराम से गुजारा कर लेते हो!''

*# कोई जवाब नहीं आया उधर से। बस आज यही खतम हो गई बात। हाऊ मूडी, हाऊ रुड...अब कोई कैसे जाने कि अगले का मूड ऑन मोड में है कि नहीं... आखिर में आप ही अपना मूड ऑफ कर लो।

मई 24

वो- ''अपने काम से काम रखना दुनिया का सबसे मुश्किल काम है।''

मैं- ''ऑवव... हियर इज माय एनर्जी ड्रिंक।''

वो- ''एंड माय एनर्जी ड्रिंक इज पीस ऑफ नेचर।''

मैं- ''आय होप देअर इज नो एक्सपायरी डेट।''

वो- ''यू आर रेअर पर्सनालिटी, मेंटल कंट्रोल्ड।''

मैं- ''आय एन्जॉय एवरी सिप ऑफ माय एनर्जी ड्रिंक।''

वो- ''हा हा

(एक लड़की के साथ अपनी पिक भेजी)

देखिये बातों में एक्सीडेंट हो गया कल ऐसा।''

*# मेरी पतंग काट के अपनी उड़ा रहा ढील के साथ!!

मैं- ''हसीन इत्तेफाक है, नहीं? तुम तो खुश हो गये होगे। दुआ कर रहे होगे कि रोज ऐसा एक्सीडेंट हो।''

वो- ''आम बात, बोरिंग। यू नो स्क्रिप्टेड। पहले से पता होता कि कब लड़की नखरे करेगी और कब पॉइंट पर आएगी।''

मैं- ''तो फिर उन गलियों का रुख करते ही क्यूँ हो? कौन बुलाता है भला... ?''

वो-रिस्पेक्ट के लिये।''

मैं- ''ये भी खूब है। इश्क नहीं इज्जत, आज के जमाने में.... ।''

वो- हाँ ना

मैं- ''इट्स ओवर डोज।''

वो- ''हम तो रिलेशनशिप और प्यार में इतना नहीं जाते,

ये सब कमिटेड ही हैं,

वरना प्यार में है ही क्या?

चार झूठी तारीफें,

थोड़ा सा कंसर्न,

थोड़ी सी केयर,

और

थोड़ा सा पजिसेवनेस...

लो हो गया।

जिस प्लेटफार्म पर गये हैं यही है।''

मैं- ''नहीं या... मान ही नहीं सकते।''

वो- ''पता नहीं।''

मैं- ''आजकल तो हर दूसरे दिन नई मोहब्बत हो जाती है बंदों को...''

वो- ''बंदों नहीं, बंदियों को।''

*# अहहाहा...बंदे तो बस बंदे अल्लाह के, दूध के धुले!

मैं- ''आय मीन बोथ।''

वो- ''अच्छा, हम तो सिंगल रह के ही सब में जी लिये। क्या मतलब दिखावे का?''

मैं- ''मीन्स ऑल लवर्स वर फेक?

तुमने तो डेफिनेशन ही बदल दी।''

वो- ''नो नो जो लंगूर जैसे दिखते है उनके लिये जरूरी है रिलेशनशिप का लाइसेंस देना।

नहीं तो बंदी अट्रैक्शन में चली ना जाये हा हा।''

मैं- ''हाँ वही तो.. तुम्हे क्या जरूरत है फिर, यू आर नॉट।''

वो- ''हम तो सिंगल हैं।''

मैं- ''हाँ अभी जस्ट स्टार्ट ही की है लाइफ...वक्त आने पर सारी ख्वाहिशें पूरी होंगीं।''

वो- ''यस ऑफकोर्स।''

मैं- ''नथिंग टू से नाऊ।''

वो- ''हमारी बात इतनी लोडेड रहती कि सब आ जाता उसमें।''

मैं- ''अभी तक हमनें कहा नहीं ऐसा, अपना कहा ही मत सुनो डियर।''

वो- "अच्छा ऐसा है क्या?"

मैं- "बिल्कुल ऐसा ही है।"

वो- "नाइस एक्सपीरियन्स यू हैव।"

मैं-बिजी अगेन?"

वो- "मूवी देख रहा, आज घर पर हूँ बोलिये।"

मैं- "यू से...या फिर देख लो मूवी, बाद में बात करते हैं। एन्जॉय योर सेल्फ।"

वो- "हा हा कोई इश्यू नहीं।"

*# दीदे मूवी में है और एहसान हमपे जता रहा है... जैसी आपकी मर्जी वैसा ही ठीक.. तर्ज पर!

मैं- "विच मूवी डिड यू सी? @ दैट टाइम आय वॉज सींग " हिंदी मीडियम"

वो- "रब ने बना दी.."

मैं- "ओके। आय हैव नॉट सीन एनी एस. आर. के. मूवी।"

वो- "डिफरेंट च्वाइस।"

मैं- "सब कुछ आम होगा तो कुछ भी खास नहीं रह जाएगा। नहीं... ?"

वो- "हे हे

इसमें भी शायरी।"

मैं- "आय एम तो हार्डकोर रोमांटिक।"

वो- "ओह हो, सीरियसली?"

मैं- "एनी डाउट?"

वो- "नॉट यट।"

मई 25 4: 43

मैं- "हाय... ये एफ बी पे ये सिक्सर क्यूँ मारा

वो- "हे हे शेयर किया। लिखा और किसी ने।"

मैं- "ये ही क्यूँ? हाँ पता है तुम्हारा लिखा नहीं है।"

वो- "बोलिये तो सही, हुआ क्या?"

मैं- "कुछ नहीं, जस्ट ऑस्किंग। बात करने के लिये भी एक बात चाहिये ना।"

वो- "अच्छा,

हम तो नींद में थे।"

मैं- "उफ्फ तौबा, जाओ फिर सपनों में खो जाओ, सॉरी।"

वो- "हा हा। उठा दिया, अब तो चाय की चुस्की होगी।"

मैं- "सॉरी कहा ना।

तो फिर लोड देने का क्या था। कहाँ गये?

चाय बनाने?

वो- "हा हा। चाय की चुस्की ले रहे।"

मैं- "मजे लो।"

वो- "सेम टू यू।"

मई 27 8:37

मैं- "हाsssय... इस दुनिया में ही हो... या कहीं निकल लिये।"

वो- "है ना, हा हा। गुड इवनिंग।"

मैं- "बार-बार जगाना पड़ता है तुम्हें।"

वो- "क्या करें, खोये रहते। अपने कामों में स्टडी में।"

मैं- "फिर ठीक है, खोये रहो। जस्ट कनफर्मिंग।"

वो- "अच्छा, वैसे बताया था ना रात में बात सही होती।"

मैं- "रात ही है... हम भी है।"

वो- "अरे ये सुहानी रात नहीं, हालाँकि शाम है।"

मैं- "तुम्हारी रात कब होती है?"

वो- "अब ..वेरी बिजी।"

*# @11:30

मई 28 8:03

मैं- "गुड मॉर्निंग स्वीटू। आय रिग्रेट दैट दिस इज द थर्ड टाइम आय हैव डिस्टर्ब यू व्हाइल स्टडिंग ऑर स्लीपिंग।

आय विल नॉट डिस्टर्ब यू बट यू विल चैट विद मी व्हेन यू आर फ्री

यू आर बिजी ऑल द टाइम।"

वो- "इट्स नॉट लाइक दैट, सोणियो जी। बट ट्राय टू अंडरस्टैंड एंड यू हैव मैनीप्युलेट फॉर समथिंग एट सम व्हेअर..सो यू कैन डिस्टर्ब। एनी टाइम।"

मई 30 1:36pm

मैं- ''एक परवाह ही बताती है कि ख्याल कितना है,

वरना कोई तराजू नहीं होता रिश्तों में।''

वो- ''हा हा, नाइस।''

*# रिप्लाय में वहाँ से भी एक कोट आता है पूरे तीन घंटे बाद। कितना भी खाद पानी दे दो माली जानता है कि सही वक्त आने पर ही उसमें फल लगेगा।

मैं- ''इतना वक्त लगाने के बाद...लाये भी तो क्या। आस्था चैनल का भारी भरकम डोज। अभी इतनी भी उमर नहीं हुई हमारी इन सबमें पड़ जाए। इंक्रीजिंग योर प्राइस वैल्यू, यू आर प्राइस- लैस।''

वो- ''आवव..नाइस थॉट बाय यू। अब तो मिल ही लीजिये हम भी जाने अपनी इंपॉटेंस।''

मैं- ''तुम एक काम करोगे, बोलें?''

वो- ''जी, बोलें क्या करना?''

मैं- ''वैसे तो तुम निहायत ही मसरुफ लगते हो, ये तो तुम अच्छे से बता चुके....।''

वो- ''मसरुफ मतलब क्या हॉट?''

मैं- ''अब रात को 11:30 बजे आराम से जब फुरसत में बैठोगे ना तब।

मैं और मेरी तन्हाई अक्सर ये बातें करते हैं,

तुम होती तो कैसा होता।

तुम ये कहती तुम वो कहती,

ये गाना गुनगुनाते रहना।''

वो- ''यू आर टू इम्पॉरटेंट फॉर मी, बट रात को कंटीन्यू रह सकती बात।''

*# यहाँ वाकई बातों की डोर उलझ गई, आमतौर पर हमारे बीच ऐसे हालात कम ही आये.. पर होता है कभी कभी!

मैं- "नो आय कांट अंडरस्टैंड वी फाइंड टाइम एज पर अवर प्रायरीटिज या..।

और वो तुम बता रहे हो।"

वो- "कॉज देअर इज अ डिस्टर्बमेंस ऑक्युअर एट द डे टाइम,

ऑफिस में फोन अलाउड नहीं है हमें।

दुनिया से दूर होते इसीलिये हम मिलने में बिलीव ज्यादा रखते या कॉल पर वो मैं फ्री था वो बात अलग

बट फ्री रहना बिल्कुल पसंद नहीं मुझे।"

मैं- "तुम्हारे बिलीव पर तो एकदम ट्रस्ट नहीं हमें।"

वो- "क्यों ट्रस्ट नहीं?"

मैं- "पहले बता नहीं सकते थे।"

वो- "बोला तो हम बाय नहीं कहते बस टाइम मिला और मैसेज करते।"

मैं- "(क्यों ट्रस्ट नहीं) अभी भी पूछ रहे हो?"

वो- "हा हा पर किस बात का ट्रस्ट।"

*# सिर धुनने के सिवाय कोई चारा भी ते नहीं। फट ना जाए सिर, दीवार से बचकर निकल जाया करती हूँ!

मैं- "वो ही तो, टाइम बड़ी मुश्किल से मिलता है तुम्हें। प्रायरीटिज, दुनिया के कौन से काम नहीं किये इस बीच।"

वो- "ऐसा नहीं है पर टायर्ड हो जाते।

और आपसे बात करने के लिये बड़ी ताजगी चाहिये

यू नो सो रोमांटिक यू आर।"

देखिया मैं चाँद देखिया नूरा वाले सितारे देखिया पर तेरे जैसे ना देखिया

*# बन के तितली दिल उड़ा कहीं दूर...

मैं- "अच्छा।"

वो- "यस ऑफकोर्स।"

मैं- "बात कोई तुमसे करवाये, संभाल भी बड़े मजे में लेते हो। आय

एम नॉट अ टीन एजर हाँ....।''

वो- ''यस, आप टीनएजर से कम हो क्या?''

मैं- ''ऑस्किंग ऑर टैलिंग?''

वो- ''डिस्क्रीप्शन ऑफ योर्स।''

मैं- आॉव हैरी.. दिस इज टू मच या...

वो- ''यस, अभी घर पर नहीं हूँ।
फिर भी आपके नशे में बात किये जा रहे।''

मैं- ''ओके नो प्रॉबलम,
यू एन्जॉय योर टाइम
सी या।
(फिर भी आपके नशे में बात किये जा रहे)
ज्यादा नशा ठीक नहीं।''

वो- ''एन्जॉय विद यू आलसो।''

मैं- इन्सटीड ऑफ ''अल्सो'' शुड बी ''ओनली''
वुड आय फेल्ट बैटर।''

वो- ''यू आर अलमाइटी।''

जून 1 12:24

वो- ''वाह मधुबाला स्टाइल''

मैं- अभी मैसेज कैसे? व्हेन यू आर फ्री ..कैन यू गिव मी फाइव मिनिट्स ओनली।''

वो- ''हा हा, कॉम्पलीमेंट भी नहीं मार सकते क्या?''

मैं- ''गोल्डन फ्रींज! वॉट डू यू मीन?''

*# दोनों की डी पी चेंज हुई है कॉम्पलीमेंट देने कैसे फटाफट चले आए हैं....

उसे लेने के लिये तो हरदम तैयार हैं।''

वो- ''अच्छा,

फिर तो नाइस हो जी आप।''

मैं- तुम कहो और हम ना माने ऐसा को हो नही सकता... नो ऑफिस?''

इफ यू हैव टाइम, एनर्जी एंड मूड,

वी विल टॉक टुडे @ नाइट।

फुल नाइट .... टिल मॉर्निंग।''

वो- ''यस,

हियर यू आर नाइट इज योर्स।''

मैं- ''गुड। दैन डन!''

वो- ''यस ऑफकोर्स।''

मैं- ''नो डिच हाँ...।''

वो- ''यस, ओनली रोमांस @ नाइट।''

वो- ''हा हा बिजी इट्स 2:25 देखो मैसेज कब किया था?''

मैं- ''कितनी बार तो पूछा आज ऑफिस नहीं है.. जवाब ही नहीं दिया।''

वो- ''वो कुछ भी हो, पर मैसेज नहीं आया था।

सी सोणियो...

आय हैव गिवींग यू एक्जाम्पल
दैट एवरी वन कैन बी बिजी
सो अंडरस्टैंड दिस
आय एम नॉट रिगरेट बट आय कैन अंडरस्टैंड समबडीज सिचुएशन
आय हैव पैशन्स।''

*#दिल पे लेने को इत्ती सारी बातों में से एक यही मिली वो भी उल्टे तरीके से.... हमने बस चाहा कि हर वक्त तुम हमारे लिये मौजूद रहो, जब चाहे.... हम पजेसिव और तुम पैशनेट... उफ्फ!!!

मैं- ''आय एम नेवर बिजी इफ आय वाँट टू गिव टाइम,
एंड सामने वाला चाहता है तो।''

वो- ''बट नो वन इज परफेक्ट एंड फेयर।''

*#इश्क में सब परफेक्ट एंड फेयर होता है उसमें दुनियादारी और फिलासफी क्यों घोल रहे या...अभी महोब्बत के जाम के कुछ ही घूंट पीये है, नशा तारी भी नहीं हुआ और नींबू पानी....व्हाट यार...।

मैं- ''तुमने ही हर बार एक्सक्यूज दिये हैं।''

वो- ''नॉट एक्सक्यूजेस।''

मैं- ''क्या करें सामने वाले की मर्जी संभालनी पड़ती है।''

वो- ''इधर आ के देख सकते, कैसे बिजी रहते।''

मैं- ''खाली सोने और ख्वाब देखने में, आय नो वेरी वैल।''

वो- ''हा हा, इट्स योर थिंकिंग। सोचने में मैं भी कुछ भी सोच सकता, बट आय लव माय सेल्फ मोर दैन एनीवन

एंड माय स्पिरीट ऑलवेज सस्टेन व्हेन आय गिव टाइम टू माय सेल्फ मोर एन मोर।''

मैं- ''नाइस थॉट।
आय लव्ड इट...
दिस इज थर्ड वन सेम थिंग बिटवीन अस
कहाँ गये वापस?
सब रहने दो...।''

वो- लाट्स ऑफ किसेस टू यू
मैं- इतनाsss
वो- ''एम रोमांटिक लाइक यू
सो गिव मी इन रिटर्न।
वी आर एक्सेप्टींग द मोस्ट।''
मैं- ''अहा..
बदले की भावना?''
वो- ''यस,
सुहाना बदला
कोई दे तो दे बस
हसीन बदला।''
मैं- ''रिटर्न एक्सपेक्टिंग मोस्ट...
मिलेगा जरा इंतजार।''
वो- ''आज हसीन रात को मिलेगा क्या?
स्ट्राँगली।''
मैं- ''सोणे..
हमें तो अभी से ही रात का एहसास होने लगा या..
तुम तुम्हारे अंदाज..।''
वो- ''हम मूड में ऐसे ही आते,
फिर मत कहना कि बिजी रहते।
सोच लो बैठ के आराम से।''
मैं- ''जो दिल करे वो ही करते हैं...
दिमाग एक तरफ रखते हैं।''
वो- ''क्या करें वी आर ऑन हाई।
ठीक है
गर थोड़ा एहसास भी चाहिये होता ऐसा कुछ पाने का।
एम वेटिंग फॉर दिस
जिद है

छीन ना ले हम ये।''

मैं- ''आय ऑलवेज फ्लाय ... इन द स्काय।''

*#नोटिस किया... कोई फुट नोट स्क्रॉल नहीं हो रहा काफी देर से... सब ब्रेकिंग न्यूज इन्वाल्व हो गये हैं.... पूरे इंटरेस्ट के साथ... व्हाट नेक्स्ट.... मसाला!

जो प्यार से मिला
उसी को हम मिले,
और कोई रास्ता नहीं रहने देते।
पा तो सकते हो,
छीन नहीं सकते
जिद्दी हम कम नहीं।
चाहो तो छीन के देख लो।''

वो- ''मतलब रोमांटिक नहीं हो,
सिर्फ बातें और सपने तक ही।''

मैं-ये रोमांटिक होने का प्रूफ है....
तुम कहाँ जानते हो हम हैं भी कि नहीं रोमांटिक।''

वो- ''अब किस भी ना दे पाये
तो क्या समझें?
ऑल इज पार्ट ऑफ रोमांस।''

*# वेरी फास्ट...

मैं- ''मांग के लिया तो क्या लिया डियर?''

वो- ''पर दे भी कहाँ रहा कोई सरप्राइज में भी।''

मैं- ''मेरी जान

वो-मुझे जा न कहो मेरी जान...

मैं- ये लो बस...फ्लाइंग किस की इमोजी भेजी

वो- ''आsssह
आय फील लाइक यू आर इनफ्रंट ऑफ मी
ड्रीम।''

मैं- ''खो जाओ।''

वो- ''यस

स्टारटिंग एफ यू कंटीनियस दैन

डन।''

मैं-तुमसे पहले इतना मजा कभी किसी से बात करने में नहीं आया।

यू आर लाइक ड्रीम बॉय।''

वो-यस, यू आर माय ड्रीम टू

सो आय एम वेटिंग टू क्लोज यू।''

मैं- ''ऐसा नशा.. ?''

वो- ''यस, आय विश्ड।''

मैं- ''हमारे दिल में हो अब तुम।''

वो- ''थैंक्स।''

मैं- ''जिंदगी से चले जाओगे पर वहाँ से नहीं...

ऑलवेज विद मी इन माय हार्ट।''... किसेस की कई सारी इमोजी फिर भेजी

वो- ''आअवव...

मैं- मर मिटे हो

वो- ''अ लॉट,

नशा ऑन हाई,

फील इट।''

मैं- ''जस्ट फील इट;

सारी रुमानियत फील करने में है।''

वो- ''यस

बस यही सोच रहे हम तो कि सामने होना था एक-दूसरे के

और कोई ना।''

मैं- ''क्या। ख्वाब, क्या ख्वाहिशें।''

वो- ''यस।''

मैं- ''हजारों ख्वाहिशें ऐसी कि हर ख्वाहिश पे दम निकले।''

वो- ''अहा...
बस फील हो गया अब तो
यू आर ड्रीम।''
मैं- ''हे.. व्हेअर आर यू?''
वो- ''एम हियर विद यू।''
मैं- ''नाऊ से..
पॉज मत लो इतने
वक्त कम पड़ जाएगा।
हलो?''
वो- ''हा हा,
यस नहीं लेंगे।
वैसे वो रात कहाँ हुई अभी?''
मैं- ''मम्माज बॉय।''
वो- यस मम्मा और उनका बच्चू।''
मैं- ''यप्प।''
*#स्लाला.... मौका मिलते ही बम्बू करने से नहीं चूकती दुनिया....
मैं- ''(वैसे वो रात कहाँ हुई अभी)
लिसन.. 10 टू 12 विल बी ऑफलाइन
सो लेट टॉक टिल 10 दैन 12 टू 5।''
वो- ''ओके
आय एम वेटिंग फॉर योर रोमांस।''
मैं- इन बिटविन यू कैन टेक सम साउंड नैप
विद अलार्म....
अदरवॉइज हम तुम्हें जगा देंगे
माय
रोमांस।''
वो- ''ओह हो बड़ा ही हॉट तरीका है आपका। आय लाइक्ड।''
मैं- ''आय लाइक योर्स।''

वो- ''बट आय लाइक यू होल;
एवरीथिंग इज हॉट।''
मैं- ''पता नहीं तुम्हें क्यूँ लगता है?
कयामत की नजर है।''
वो- ''अब जो है,
आप कयामत से आगे हो,
सिजलिंग।''
मैं- ''फिर से कहो कहते रहो अच्छा लगता है!
सी अगेन ऑफलाइन यार,
इट्स इरीटेटिंग...
कम,
अदरवाइज आय विल गो।''
वो- ''हा हा,
वॉचिंग मैच
सिजलिंग हॉटी सेक्सो।''

*#मैन विल बी मैन.... इडियट! रोमांस का मैच से क्या मैच.... गेम नहीं हुआ जी का जंजाल हो गया!

मैं- ''इदर मैच ऑर मी... डिसाइड।''
वो- यू ओनली यू माय लव
नाइट में मैच होगा
ठंड में गर्मी आएगी।''
मैं- ''यू हैव चूजन मी ऑलरेडी नाऊ इट विल ऑनली बी हॉट!''
वो- ''आअवव... माय प्लेजर।
हॉट हॉट। इट्स यू।''
मैं- ''दैन स्विच ऑफ
एंड बी विद मी
वो- ''कम हियर एंड मेक मी फील योर फायर
इट्स माय ड्रीम।''

मैं–"परवाना नहीं बनने देंगे तुम्हें...
जल जाओगे तो फिर हमारे हाथ में क्या रह जाएगा?"

वो– "सब हो जाएगा, आदत में।"

मैं– "तुम्हारी ना.... हमारी नहीं।"

वो– "मतलब।"

मैं– "मतलब तुम नहीं समझे?"

वो– "हाँ शायरी बीच में आ गई।"

मैं– "तुम्हारे शेर भी कम तकलीफ नहीं देते।"

वो– "हा हा, कातिलाना।"

मैं– "देखो कौन बोल रहा है.. जो कत्ल कर रहा वो ही।
अब क्या है.. तलवार में धार कर रहे हो...
वॉट इज दिस या.... सोणिये?"

मैं– "अब गिन के 15 मैसेजेस करना उसके बाद ही रिप्लाय करेंगे।"

वो– "हा हा,
बिजी हो गया थोड़ा
हमारे फ्रैंड्स आये
टॉक यू लेटर।"

मैं– "12:30 या तो हमसे मिलो या हमको भूल जाओ,
इसके अलावा कोई बात नहीं ...समझ गये।"
(टॉक यू लेटर)* 14 मैसेज नहीं आये फिर भी आना पड़ा।
क्या करें रहा भी नहीं जाता ना...
यू आर ऑलवेज इंक्रीजिंग योर वेल्यू...
नाऊ यू विल सी माय वर्थ।"

वो–एक्चुअली एम @ आउट साइड... माय फ्रैंड्स बर्थ डे पार्टी.... (11:44)

*#स्यापा.... एक वो प्यार था जब लोग दुनिया को छोड़ देते थे और

एक ये है प्यार को छोड़ देते है पार्टी की खातिर...प्यार फिर भी प्यार है.... हवाई ही सही...नहीं... ?

जून 2 12:30

वो- ''इट्स 12:30
वेलकम। हियर एम फॉर यू।''

मैं- ''एंड एम फॉर यू।''

वो- ''सोणिये का रूप कायल कर गया
तो फिर क्या आग लग जानी अब तो,
आपकी हॉटनेस से।''

मैं- ''एंड तुम्हारा जाहिर- ए- अंदाज।''

वो- ''हाय
हमें भी बुला लो ऐसे हसीन मौसम में अपने पास।''

मैं- ''आ जाओ हमनें कहाँ रोका है?''

वो- ''आ गये तो आग ना लग जाये
रोकना मुश्किल,
फील ही कर लो।''

मैं- ''हम तो वो ही करते हैं।
तुम अपना ख्याल रखो।''

वो- ''अब सामने आ कर फील कराओ तो माने
कितने रोमांटिक हैं।''

मैं- ''सब हम ही करें? ये तो तुम्हें लगता है रोमांटिक हो... हमनें तो बताया नहीं।''

वो- ''अच्छा... मतलब नहीं हैं?''

मैं- ''किस बात का।''

वो- ''रोमांस।''

मैं- ''हम तो जो भी कहे उसमें रोमांस है तुम्हारे लिये... तो हम क्या करे।''

वो- ''अच्छा ओके नाइस थॉट।''

मैं- ''अगर हम तुम्हारी जगह होते ना तो आज की पार्टी कैंसिल कर

देते,

खाली इंतजार रहता तुम्हारा, इसे कहते रोमांस।''

वो- ''आह,

बट आय वॉज एवेलेबल बाय करेक्ट टाइम 12:30।

अब आप जो बोल रहे वो मिलने पर ही सही रहता,

काश कहीं समंदर किनारे मिलते दोनों।''

मैं- ''बर्फीले पहाड़ भी कम खूबसूरत नहीं।''

वो- ''अच्छा, तो फिर कोई डिस्टर्ब ना करे और दोनों के मोबाइल स्विच ऑफ करके फेंक दिये जाएँ,

दैन साथ-साथ पूरी रात।''

मैं- ''एक्चुअली साथ हसीन हो तो हर जगह जन्नत।''

वो- ''यस।''

मैं- ओह माय माय...बहुत दूर का नहीं सोच रहे?''

वो- ''हा हा

एज यू से...इट्स ओके।''

मैं- ''नाssss.... आज तो जो तुम कहो वो ही सुने।''

वो- ''अब कहा सुन रहे, बस स्टॉप कर रहे।''

मैं- ''ना... ऐसा तो बिल्कुल नहीं कर रहे।''

*# डियर देखो लोग हममें कैसे डूबते जा रहे... मोती निकाल कर ही अब बाहर आएंगे...Lol

वो-ओके।''

मैं- ''वरना अभी पास होते ही क्यों?''

वो- ''सो,

मेक मी फील क्लोज फ्रॉम योर साइड एंड से समथिंग रोमांटिक।''

मैं- ''आय हैव ऑलरेडी मेड यू व्हेरी क्लोज, क्लोज टू माय हार्ट।

व्हाट एल्स डू यू वाँट मी टू से टू कम क्लोज टू मी?

जो तुम सुनना चाहो वो हम कह दें!

क्या चाहते हो?''

वो- ''इट्स ओके
अब सामने नहीं तो ऐसे ही ठीक है और क्या
यस ऑबवियसली वाँट टू क्लोज।''

*# फक... ऑल दिस नॉनसेंस...ये सब कौन बांगड़ू.....चाहता है! कहना तो यही चाहता होगा पर डिसेंसी भी कोई चीज होती है। जस्ट कंट्रोल....

मैं- ''इनडीड यू आर या....

वो- ''एंड फील द
फ्यूम्स ऑफ योर्स
ऐसे नहीं फील कर पा रहे।''

वो- ''फिर क्या करें?
इट्स ओके बातें ही हैं, बातों का क्या?''

मैं- ''बातों ही बातों में बात यहाँ तक आ पहुँची है।
यू वाना फील फ्यूम ऑफ माइन...
ये सोच ही मदहोश करने वाली है।''

वो- ''यस
रोमानी चीज।''

वो- ''इतनी रोमानियत भरने कोई जिंदगी में दाखिल होने वाला है ये कुछ दिन पहले तक ख्वाब में नहीं था..और देखो तुम किस तरह चले आये।''

वो- ''हा हा
व्हाट अ शॉट।''

मैं- ''या.... टकीला शॉट!
इस आधी रात में तुमसे बात कर रहे हैं,
तुम्हारी नींद उड़ा रहे हैं,
आज सिर्फ तुम हो हमारे पास,
और कोई नहीं।
कुछ और रह जाता है इसके अलावा?

सो गये... स्वीट ड्रीम्स डियर (2:26 रात के)

इसे कहते है बेहोशी का आलम (4:17 अल सुबह)

सस्टेन नहीं कर पाये तुम।

इतने में ही गुल.... ?

खयाल था गुलजार होगा माहौल पर...

इंक्रीज योर एनर्जी लेवल

बूस्ट अप योर पैशन!!(4:27)

*# जी! समझे कुछ? यारा बातें करते करते नींद के आगोश में चला गया! नींद तारी हो गई इश्क पे... इश्क भी क्या, इश्किया गुफ्तगू ऑनलाइन। हवा में तैरती हुई सी.... वो भी ऑफ हो गई, सिग्नल प्रॉबलम!

वो- "क्या करें।

आपके रिप्लाय के टाइमिंग का गैप एंड नींद का टाइमिंग क्लैश हो गया।

इससे जल्दी तो दिन में रिप्लाय कर रहे थे (8:52)।"

*# दबंगई देखो जरा... हमपे चढ़ाई!!

जून 4 8:02

मैं- ''गुड मॉर्निंग बेबो...।
सी ..वॉट एवर यू डिजायर्ड इज ऑल देयर...
नो इंटरनेट एंड समाँ है सुहाना सुहाना...
बस कमी है तो तुम्हारी...
मिसिंग यू अ लॉट ।''
वो- ''गुड मॉर्निंग
मिस यू टू (8:43)।''
*# उखड़े उखड़े से मेरे सरताज नजर आते हैं....

बुल शिट्ट... खुद तो वहाँ मजे कर रही है और यहाँ मेरे मजे ले रही है... ऐसा ही कुछ लेवल हुआ होगा ना... हाइट ऑफ इरीटेशन, फस्ट्रेशन।''

जून 8 11:05

मैं- ''गुड मॉर्निंग बेबो। तुम तो भूल ही गये, नॉट अ सिंगल मैसेज।''

वो- ''गुड मॉर्निंग, हाँ फ्रेंड की शादी थी। भूला नहीं, बाय द वे.... नाइस डी पी।''

मैं- ''उतनी नहीं कि बॉलीवुड हमें भी बुला ले, बाजी तो तुम मार ले गये।''

वो- ''कौन सी बाजी,

हम तो भोले भाले बच्चे है

मासूम।''

मैं- अरे... नहीं ये तो बहुत बड़ी खबर है!

वो- ''हा हा,

बड़ी नहीं सस्पेंशियल है।''

मैं- ''तुमसे तो मिलते हैं।''

वो- ''एम एगरली वेटिंग ...कम।''

मैं- ''बैक होम... इट वॉज ए जर्नी फ्रॉम हैवन डाउन टू अर्थ!''

वो- ''गुड इवनिंग।''

मैं- ''गुड इवनिंग।''

जून 9 9:39...

मैं– ''शाम तो खराब कर ही दी कल...

सुबह भी सँवारने का इरादा है कि नहीं.... ?''

वो– ''हा हा।

बिजी खुद हो और इल्जाम हम पर वो भी शायरी के साथ।''

मैं– कहाँ ...कल तो बात शुरू की थी ना तुम तो गुड इवनिंग बोल के चले गये।''

वो– ''पर उस टाइम आप भी तो दूसरी वादियों में खो गये थे।''

मैं– ''क्या करते...इस वादी का रास्ता बंद था तो दूसरे रास्ते हो लिये...बट स्नो फॉल हो गया यहाँ।''

वो– ''कोई नहीं,

एन्जॉय ऑल वादियाँ,

स्नो फॉल नहीं माइंड फॉल।''

मैं– ''आय एम नॉट अ माइंड प्लेयर, आय टोल्ड यू अरलियर...

दिल की सुनते हैं... और... करते हैं।

तुम्हें ही नहीं सुनाई देती पुकार।

तुमने तो एक बार भी याद नहीं किया।''

वो–हा हा, हमारी मेहनत ही यहाँ तक लायी।''

मैं– ''तो अब क्या मेहनताना वसूल करना चाहते हो ?

बातें तो बहुतों से होती है पर तुमसे बात करने का नशा ही कुछ और है... अलहदा स्वाद!

तुम नहीं जान पाओगे ... ।''

वो– ''हम तो सब जानते, तभी कनेक्टेड हैं।''

मैं– ''वो ही तो नहीं हो,

इसको कहते हैं कनेक्टेड रहना ?

आम लोगों की तरह बर्ताव मत करो या... ।''

वो– ''आम नहीं खास,

आपको तो टाइम भी देते,
दूसरे बस तरसते हैं।''
मैं- ''इतनी इनायत... ये खास है?
ठीक है इसी को ताज की तरह पहन लेते हैं।''
वो- ''हा हा।''
मैं- ''हमको ना तरसाने के लिये शुक्रिया तुम्हारा!''
वो- ''यू डिसर्व ताज।''
मैं- ''सोणे.... क्या या... ?''
वो- ''बोलो जी।''

*# हवा के झोंके से दरवाजे के बंद होने का एक्सपीरियन्स हुआ है आपको कभी... हुआ है ना... ये बिल्कुल वैसा ही था... खटाक!

जून 13 12:27

मैं- "यू आर माय सनशाइन, माय ओनली सनशाइन
यू मेक मी हैप्पी व्हेन स्काइज आर ग्रे
प्लीज डोंट टेक माय सनशाइन अवे....।"
वो- गुड नून।"
मैं- "हैरी क्या हुआ है तुम्हें?
क्या समझें अब तुम्हारी आदत में शामिल नहीं रहे हम?
या..
तुम्हारी आदत ही बदल गई?"
वो- "अरे फीवर था
अभी भी।"
मैं- "तो बताओ ना यार।"
वो- "बताया तो।"
मैं- "कब?"
वो- "अभी।"
मैं- "लास्ट 9 को बात हुई थी हमारी।"
वो- "अच्छा,
डोंट वरी
ये तो लाइफ लाँग बातें हैं।"
मैं- "क्या...तुम्हारा इस तरह का बिहेवियर बरदाश्त करना?"
वो- "अरे, मूड नहीं बनता फीवर में।"
मैं- "ये क्या है या...?
अगले का भी खयाल रखा करो।
अपने बारे में ही नहीं सोचा करते,
आराम ही तो फरमा रहे थे।"
वो- "ओके
रात में मिलो।"

मैं- "ओके। कितने बजे मिलोगे कहो?"

वो- "10।"

मैं- "मैसेज करना तुम।"

वो- "ओके श्योर।"

मैं- "आय एम वेटिंग।"

वो- "हलो इट्स 10।"

मैं- "यस...।

हियर वी आर,

हाऊ आर यू फीलिंग नाऊ? बेटर?

वो- "मस्त मौसम और आप जैसे लोग रोमांटिक।"

मैं- "उसके बावजूद तुम वैसे के वैसे नीरस....।"

वो- हाँ क्या करें?

स्टडी की बात हो तो कोई कुछ नहीं।"

*# तड़ाक... सच का पत्थर मारना जरूरी था...झूठ के फूल खिले नहीं रह सकते।"

मैं- "पहले तय कर लो,

फीवर ऑर स्टडी?

मूड है बात का या खानापूर्ति करना है?

एक बार में बता दो।"

वो- "है पर टाइग तो लगता है।"

मैं- "ये कहने में भी...?

कौन सी अलहदा बात कह दी।"

वो- "तो क्या हुआ

झूठ तो नहीं कहते कम से कम।"

मैं- "सुनो... हमको अपने हैरी से बात करनी है।

वो है वहाँ...?"

वो- "हे हे,

अच्छा

वैसे एक बात बताई
फैक्ट है।''
मैं– '' ?
ओके दैन गुड नाइट या... टेक केयर।''
वो– ''हे हे, पैशन लीड्स टू डेस्टीनेशन।''

जून 14 10:26

मैं- (पैशन लीड्स टू डेस्टीनेशन)*
दिस वे यू विल डेफीनेटली रीच योर डेस्टीनेशन!
हैव फन व्हाइल यू ड्राइव थ्रू द पाथ।''
वो- ''यस ऑफकोर्स,
मिल के देखना।
एक पल भी नहीं छोड़ेंगे फिर शिकायत हो तो बात है।''
मैं- ''अब तो देखना ही चाहते हैं।''
वो- ''यस श्योर।''
मैं- ''बस और कुछ नहीं कहना?
बात कम करना चाहते हो आजकल?''
वो- ''आजकल हमारे दिमाग का इस्तेमाल पढ़ाई में हो जाता है।''
मैं- ''ठीक है,
कीप इट अप।
लेकिन कुछ वक्त तो दे ही सकते हो।
वजह कोई भी हो।
बात नहीं कर सकते, या, नहीं करना चाहते?''
नहीं करते ये वजह ही काफी है।''

वो- ''आजकल हमारे दिमाग का इस्तेमाल पढ़ाई में लगता, कर लेंगे बात भी।''

*# लग रहा है सब ओवर! चढ़ते -चढ़ते कोई सीढ़ी खींच दे और आप धड़ाम...लगा अब उठ ही नहीं पाएँगे!

मैं- ''अब तो क्रश डाइटिंग पर भी बखूबी जी रहे हो ...व्हाट अ स्टेमिना यार...हैड्स ऑफ टू यू!

जून 20 6:12pm

वो- ''हॉट डी पी, 10/10।''

मैं- ''आपकी नजर- ए- करम से जी उठे हम!!]

*# ना... हाथ बढ़ा उठाने के लिये। लेकिन बस इतना ही...उठा कर चला गया...

और मैं मन ही मन कहती रही..

तू थोड़ी देर और ठहर जा सोणियो तू थोड़ी देर और ठहर जा...

जून 24 12: 35 am

वो- नमस्ते की इमोजी भेजी...स्ट्रेंज

मैं- "क्या हुआ?"

वो- "अरे नमस्ते जी।"

मैं- "हाँ ...बट सोये नहीं अब तक?"

वो- "पढ़ाई कर रहा था,

अब फ्री हुआ।"

मैं- "इतनी ज्यादा पढ़ाई?"

वो- "क्या करें।"

मैं- "कब है एग्जाम?"

वो- "टाइम है अभी,

योर डी पी इज जस्ट वॉव।"

मैं- "अभी बात कर सकते हैं या सोने जाओगे?"

वो- "कर रहा बात,

बोलिये।

आपसे बात करनी थी इसलिये ही मैसेज किया।

हर वक्त आप मेरे साथ थीं,

यू आर स्पेशल।"

*# पूरे चार दिन बाद आज मिले हैं, लगता है चार साल गुजर गये.... आज तो जम के शिकवे शिकायत होंगे..।

मैं- "मत बोलो यार ये...

यू वर नेवर विद मी।"

वो- "नो नो,

एम विथ यू ऑलवेज।

कहाँ जाऊंगा आपको छोड़ के?

मिल के देख लो, सदियों तक याद रखोगे। वैसे भी मैं अकेला नहीं होऊंगा आपकी लिस्ट में।

सो यू हैव ऑप्शन।''

*# बॉय्ज जब पजेसिव होते हैं तो कितने क्यूट लगते है ना?

मैं- ''तुमने तो भुला ही दिया हमें।''

वो- ''भुला दिया होता तो ऐसे टाइम पर मैसेज नहीं आता,
इतने रोमांटिक टाइम पर।''

मैं- ''लिस्ट कितनी भी बड़ी क्यूँ ना हो,
तुम्हारी जगह कोई नहीं आ सकेगा... यू आर सो स्पेशल।
अभी हमारे ज़ेहन में बस तुम ही थे।''

वो- ''आय होप कि हम ही स्पेशल रहें।''

मैं- ''(इतने रोमांटिक टाइम पर)*
ऐसे याद रखो तो कोई बात है!
(आय होप कि हम ही स्पेशल रहें)*
यू आर इनडीड..... ऑलवेज!''

वो- ''बारिश के मौसम में तो आपकी याद ज्यादा आती,
चलो कहीं चलते।''

मैं- ''चलो .....सच में चलें।''

*# चलो दिलदार चलो चाँद के पार चलो... हम है तैयार चलो ...!

वो- ''यस, सिर्फ दोनों।''

मैं- ''हाँ, अब तो आ ही जाओ। इतने दिन तुम रह भी कैसे पाये बिना बात किये?''

*# जो तेरी खातिर तड़पे पहले से ही, क्या उसे तड़पाना ओ जालिमा ...ओ जालिमा!!

वो- ''अब इतने दिन की प्यास लगी थी।''

मैं- ''यदि तुमने डोर ऐसे बैंग ना किया होता ..
तो हम तुम्हें तुमसे छीन लेते।''

वो- अच्छा,
अभी तो फिलहाल बहुत करीब आने की इच्छा है हमारी।''

मैं- "आओ ना....
आइ एम वेटिंग।"
वो- बहुत करीब
मैं- लेकिन तुमने इस दौरान अच्छा नहीं किया हमारे साथ... हमारा सुकून छीन लिया।"
वो-डोंट वरी।"
मैं- "कैसे नहीं?"
वो- "पास आओ तो गुस्सा उतार लेना।"
मैं- "ना..... तुम हर वक्त करीब चाहिये।
ज्यादा नहीं यार थोड़ा सा वक्त ही मांगा था,
वो ही नहीं दिया।"
वो- "वैसे डी पी में काफी हॉट लग रहे,
बात क्या है?"
मैं- "तेरा तेरा तेरा सुरुर.....।"
मैं- "और क्या करोगे हमारे लिये?"
वो- "जो बोलो।"
मैं- "यू हर्टिंग मी।"
वो- "सॉरी,
अब करीब होते तो
समझा देते
प्यार से।"
मैं- "बस हर दिन अपना कुछ समय प्लीज।"
वो- "ओके।"
मैं- "बोलो ना कुछ तो?"
वो- "बोला तो कितना
बारिश के मौसम में हसीन हुए जा रहे आप।"
मैं- मदहोशी तुम्हारी
वो-काश अभी साथ होते,

और कोई ना होता।''

मैं- ''यहाँ भी है बारिश और तुम नहीं पास।''

वो- आय डेस्परेटली वाँट टू कम

आय कैन फील।''

मैं- ''(और कोई ना होता)*

काश कि ये हकीकत होती!''

वो- ''हम तो लिपटे ही रहते आपसे।''

मैं- ''ऑववव...

बस बोलते रहो..

पिछले सारे दिनों की कसर आज पूरी करो।''

वो- ''यस।''

मैं- ''मत कहना कि नींद आ रही।''

वो- ''बस करीब ही आ रहे,

बहुत आपके।

बारिश में लिपटना।''

मैं- ''सोणियो...''

वो- ''यस, बोलिये।''

मैं- ''सुनना है खाली।''

वो- ''क्या सुनना?''

मैं- ''इतने दिन तंग किया ना....

जो भी दिल करे तुम्हारा कहो ....बस कहते रहो।''

वो- ''कहा तो

लिपट के।''

मैं- उफ्फ यार.

वो- ''टाइट वो तो पिक देख कर ही इच्छा हो रही।''

*# अरे आप सब क्यूँ इस तरह बौरा रहे भई... ये हम दोनों के बीच की बात है, आपको सिर्फ उसका ब्यौरा दे रहे,एक हल्की सी झलक। टीजर यू नो... उसी से इतना एक्साइटमेंट!

मैं- “वो तो कब से है,
कह फिर आज क्यूँ रहे ?
तुम कैसे कर सके और क्यूँ ?”
वो- “ऑववव।”
मैं- “क्या चल रहा था मन में तुम्हारे ?”
वो- “जो भी है ऊपर वाले की मर्जी।”
मैं- “नहीं ... तुम्हारी मर्जी थी।”
वो- “और आप भी तो कुछ बोलें।”
मैं- “पता है ?
हमने सोच रखा था,
कि कभी गलती से भी तुमने मैसेज किया,
तो हम कह देंगे लिखने में दिमाग का इस्तेमाल कर रहे आजकल।
बात भी कर लेंगे....
पर देखो...।”
वो- अरे इतना...
मैं- “ऐसा कुछ भी नहीं कर पाये,
तुम्हारी तरह नहीं है ना।”
वो- “हा हा, छोड़िये।
फिलहाल अभी को जीने दो
हसीन रात
और हुस्न की परी यहाँ
काश साथ होते।”
मैं- “जिंदगी ही कुछ और होती।”
वो- “यस माय ड्रीम
कि आप करीब आ के हमें रंगीन कर दो।”
मैं- “आ सकता है ऐसा दिन भी।”
वो- “ओहहह.. एम डेस्परेटली वेटिंग।”
मैं- “हमें भी तुम्हारे साथ वक्त बिताना है हैरी आय रियली वाँट टू

डू इट।''

वो-दिल में उतर जाती हो आप जब ऐसे कहती हो

आय कांट एक्सप्लेन हाऊ आय एम फीलिंग

मैं- ''चलो दुआ करते है मिलके।''

वो- ''यस, रोमांस विथ रूप की कली।''

मैं- ''देखें कैसे असर होता है।''

वो- होगा जरूर होगा

मैं- ''तुम आ जाओ ना।''

वो- ''ओके लेट्स सी,

पर कोई ना हो तो

मिल भी पाएँ।

प्राइवेसी इज मस्ट।''

मैं- ''हाँ तो निकाल लेंगे ऐसा टाइम भी.. आ जाओ।''

वो- ''ओके, ट्राय फॉर बेस्ट।''

मैं- इफ यू ट्राय यू माइट सक्सीड बट इफ यू डोंट दैन यू आर श्योर टू फेल.... दैन जस्ट डू इट हैरी...

वो- ''ऑवव... माय प्लेजर।''

मैं- ''(रोमांस विथ रूप की कली)*

अगरचे रूप की कली नहीं होते तो रोमांस भी नहीं होता।''

वो- ''हे हे,

जो भी हो कातिल हो खा जाएंगे।''

मैं- ''कतल ना हो गया होता फिर अब तक तुम्हारा? लेकिन देखो ... जिंदा हो ना हमें सताने के लिये।''

वो-यस, बहुत जिंदादिली।''

मैं- ''इन योर नेचर, नॉट फॉर मी।''

वो- ''हा हा लेट्स सी।''

मैं- ''यू प्रूव्ड इट।''

वो- ''नेल्ड इट।''

मैं- उम्माहहह

वो- बत्तियाँ बुझा दो।''

मैं- ''बत्तियाँ बुझाने से भी नींद नहीं आएगी...
अभी ना जाओ छोड़कर कि दिल अभी भरा नहीं।''

वो- ''लाइट चली गई जी यहाँ,
वाई फाई की प्रॉबलम होती।''

मैं- ''4g नहीं? ले लो।''

वो- ''अरे लाइट नहीं, तो 5g भी कहाँ आएगा।''

मैं- ''ये सब नहीं सुनना, मैनेज करो जैसे भी।''

वो- ''हा हा,
ओके वेट देखता हूँ।''

* # मतलब तो 4g डेटा प्लान से था पोस्ट/ प्री पेड प्लान! वाई फाई ऑफ तो डेटा ऑन। ऑलवेज ऑनलाइन.... नोइंग टेक्नालॉजी इज नॉट बपौती ऑफ ब्वाय्ज..... हँसो मत!

मैं- ''जाने नहीं देंगे तुझे।''

वो- ''लेट मी चेक
देअर इज 15 मिनिट्स प्रॉबलम सो वेट फॉर अ व्हाइल।''

मैं- ''ठीक है इतने दिन किया कुछ मिनट और सही।''

वो- ''ओके टू बी कंटीन्यू।''

मैं- ''लाइक एकता कपूर के सीरियल्स।''

वो- ''लेट मी चेक अगेन सम प्रॉबलम।''

मैं- ''अरे ऑनलाइन तो हो..
क्यूँ टाइम वेस्ट कर रहे?
लो हमेशा की तरह...
सिवाय परेशान करने के और कुछ नहीं कर सकते तुम?
स्लेप्ट?''

*# रात के 2 बज रहे हैं!
सुबह 7 बज के 13 मिनट पर जवाब आता है..

वो- ''कहाँ से ऑनलाइन था।
गुड मॉर्निंग
पर आप तो 24×7''
मैं- ''अरे...
वो- ''बट यप्प...लेट मी से,
24×7 विथ यू।
ऑन ऑर ऑफ....
डजन्ट मैटर,
माय हार्ड कोर फालोअर।
ऑलवेज इन योर रडार
गुड मॉर्निंग
मैं- जरा सी आहट होती है तो दिल पूछता है कहीं ये वो तो नहीं?
इट्स लाइक दैट...
तुम नहीं समझोगे।''
इट्स नॉट 24×7''
वो- ''आय कैन अंडरस्टैंड।''
*# वो सुबह- सुबह आये मेरा हाल पूछने
कल रात वाला ख्वाब तो सच्चा निकल गया।''
मैं- ''माय लकी चार्म,
तुम्हारी वजह से कल खूब लिख लिया....
यू हैव ट्विसटेड माय मूड।''
वो- ''हे हे, हम में क्या रखा है?
आप की बदौलत है सब।''
मैं- ताजपोशी
वो- आप हैं ही उस लायक

जून 25 8:40am

मैं- ''इन द सिचुएशन साइलेंस स्पीक्स इट सेल्फ!
गुड मॉर्निंग''

वो- ''गुड मॉर्निंग''

(बात करने का मजा उन लोगों के साथआता है जिनके साथ बोलने से पहले कुछ सोचना ना पड़े) *

मैं- ''हमसे बात करते वक्त तो बहुत सोचना पड़ता है तुम्हें..
ऐसा कई बार कहा ना तुमने?
माने हमारे साथ बेमजा बातें...
उसमें इतना माहौल...तो सोचो मजेदार बातें कर पाते तो क्या आलम होता?''

वो- ''वो वाला सोचना नहीं जी,
कि डर के बोलो।
हमारा सोचना तो यहाँ मतलब किसी की तारीफ में सोचना।''

जून 26 12:38 pm

मैं- "अपनी फोटो के साथ,
ईद मुबारक डियर"

वो- "वाह चाँद तो यहाँ है, लोग पता नहीं क्या देख के ईद मना रहे?

सेम टू यू जी।"

*# मुझे मिल गया बहाना तेरी दीद का,
कैसी खुशी ले के चाँद ईद का...

लगा था इस बैक ग्राउंड साँग के साथ कोई हिट मूवी बनेगी पर... एक क्लैप के साथ डिब्बे में बंद हो गई।"

जून 28 11:23 pm

वो– ''ऑडियो क्लिप भेजी गाने की''

मैं– जब हैरी मेट सेजल

नाइस साँग।''

वो– ''जब हैरी मेट सोणियो,

नाइस ट्युनिंग''

मैं– ''एक्चुअली डेडीकेट टू अस।''

वो– यिप्पी यो

मैं– ''सुनाओ।''

मैं– ''क्यूँ क्या हुआ

वो– ''तबियत खराब।''

मैं– ''अरे या....।

ज्यादा आँख नहीं लड़ाते तो अच्छा होता... नहीं?

टेक रेस्ट देन।

आए भी तो ये बताने।''

वो– ''हा हा, ये उमर का तकाजा है।

अब आँख लड़ाने का टाइम गया।''

मैं– ''डोंट टैल मी लाइक दैट,

टेक केयर, अब सो जाओ। गुड नाइट।''

वो– ''गुड नाइट।''

मैं– ''सुबह 7:13 बजे,

गुड मॉर्निंग

हाऊ आर यू?

हाऊ डिड दिस हैप्पन?

जस्ट लैट मी नो।

टी सी''

वो– ''(जस्ट नार्मल रिएक्शन),

फीलिंग बेटर नाऊ,

अ बिट।''

*# हवा में सिर्फ वाई- फाई सिग्नल ही नहीं वायरस भी तैरते रहते हैं जनाब ... वो भी लव लाइफ पर उतना ही असर डालते है...प्रूफ है ये!

जून 29 7: 33 am

मैं- ''उधर मेरी जान जाने किस आफत में है,
इधर मेरी जान मुसलसल साँसत में है।
गुड मॉर्निंग।''
वो- ''गुड मॉर्निंग
ग्रेटीट्यूड
हाँ जी,
नाऊ फाइन,
फीलिंग स्टैटिक।''
मैं- ''गुड।''
वो- ''यप्प।
सो आर यू एन्जॉयंग योर रेस्ट ऑफ द कंपनीज ?''
मैं- ''तुम ये बार- बार क्यूँ कह रहे, एक्सप्लेन मी।''
वो- ''यू आर स्केपटिकल नाऊ,
इट्स सिंपल।
इफ यू कैन डाउट ऑन मी रीगॉड्स टू डीलिंग विथ गर्ल्स
दैन आय कैन आस्क द सेम।''
मैं- ''रीवेंज।''
वो- ''देअर इज नो टाइम फॉर इट, बट माय नजर इज क्लेवर।
माय डाउट ऑलवेज बीकम एक्चुअली सम टाइम्स।''
मैं- ''बाय द वे व्हेन डिड आय डाउट इट अबाउट गर्ल्स... ?''
वो- ''इट्स ओके,
यू डोंट नीड टू बॉदर योर सेल्फ।
फस्ट टाइम घबराते हुए जैसा देखा आपको बात क्या है ?''
मैं- ''यस देअर इज नो नीड टू बॉदर माय सेल्फ।
तुम हो ना ये करने के लिये ?
(फर्स्ट टाइम घबराते हुए जैसा देखा आपको) *

तुम्हारी तबियत ठीक नहीं हुई है अब तक।''
वो-बात घुमाओ बस।''
मैं- ''घबराहट नहीं .... गुस्सा जैसा है।''
(बात घुमाओ बस) *
तुम्हारा सुरुर है।''
कहाँ चले गये... ?

*# जलने जैसी गंध आई ना कुछ .....

वो- ''अच्छा,
हम जैसे बनो,
पत्थर,
कोई कुछ भी बोले कुछ भी करे,
स्टिल बैड कंडक्टर।''
मैं- ''अच्छा और कुछ?''
वो- ''और क्या बोलें?
सबका अपना है।''
मैं- ''आज तो मिजाज कुछ बदले-बदले से हैं।
क्या बात?''
वो- ''हम आज प्रीचिंग मूड में आ गये।''
मैं- ''एक आँख बंद थी तो ये हाल है,
सोचो दोनों बंद होती तो क्या हाल होता।''
जैसे हो वैसे ही रहो।''

जुलाई 4 8:12 pm

मैं- ''कई दिनों से देख रहे हैं, बड़े रिलेक्स्ड मूड में हो। कौन सी जन्नत तारी है तुमपे?''

वो- ''हा हा, गुड ईव। सब आपका ही असर है।''

मैं- ''ये भी खूब ...हमारा असर?''

वो- ''अ सॉलिड इम्पेक्ट।''

मैं- ''दूसरों को बेचैन करके,
चैन की बंसी बजाना;
ये तो हमारी फितरत नहीं,
फिर कैसा हमारा इम्पेक्ट?''

वो- ''अब सीखना तो एक बार में हो जाता, और हमें तो अच्छी चीज जल्दी अट्रैक्ट करती।''

मैं- ''तुम्हारा ये अट्रेक्शन हमारी समझ से बाहर।
'' चाहने वालों को ऐसा नहीं छोड़ा जाता!
कम से कम ख्वाब में आते जो महोब्बत होती!''

वो- ''अभी सोशल मीडिया से दूर हैं,
बाकि कोई स्पेशल रीजन नहीं।
अब आप तो आप ही रहोगे,
डोंट वरी।
फॉर्मेलिटीज दूर से स्वीट लगती है बट एक्चुअल चीज की डेफिनेशन अलग है।''

मैं- ''सोशल मीडिया से नहीं, हमसे...हमें अलग ही रहने देते।''

वो- ''अलग ही हो।''

मैं- ''(अलग ही हो)* क्या हैं वो नहीं जानना।
तुम नजदीक नहीं,इतना जानना काफी।''

वो- ''हा हा,
जब आएंगे नजदीक तो कोई और आ भी नहीं पाएगा।

और यहाँ क्या नजदीक आयें, सामने हो तो बात अलग।''

*# मैं जहाँ रहूँ मैं कहीं भी रहूँ, तेरी याद साथ है

किसी से कहूँ या ना कहूँ ये जो दिल की बात है

मैं- ''माने या तो आँखों के सामने होना है या जिंदगी से दूर? और कुछ नहीं?

तुमसे बात नहीं करनी ...

रहने दो।''

वो- ''अरे सॉरी जी,

बातें नहीं हो रही तो क्या?

नजर में हो आप, पूरी तरह।''

मैं- ''तुम्हारे-हमारे बीच बातें ही हैं।

वो ही नहीं तो फिर बचा ही क्या?

उसके भी नहीं रहे।''

वो-हा हा, यू सीरियस एट मच। व्हाय?

मैं- ''ऐसे तो जोक वाली भी कोई बात नहीं हैरी।''

वो- आज इस तरह क्यूँ बात कर रहे..क्या हुआ आपको बताओ ना

मैं- ''जाने दो कॉन्सन्ट्रेट योर वर्क।''

वो- ''अब तो सोयेंगे,

आँखों में बहुत प्रॉबलम होने लग गई अब।''

मैं- ''अभी तक, ठीक नहीं हुई? गो एंड स्लीप।''

वो- ''नो, पूरी तरह नहीं। कि होया?''

मैं- ''कुछ नहीं या....''

वो- ''बोलो जी,

चलो मतलब बिजी हो कहीं।''

मैं- फालतू बात मत करो,

बहुत गुस्सा आ रहा तुमपे।''

वो- ''मुझे भी तो आ सकता,

फिर?''

मैं– “करो।

किस बात पे... ?

है कोई वजह तुम्हारे पास ?

बोलो ?”

वो– “ वजह तुम हो”

मैं– “हअअ... तुम्हारी हर बात हमसे शुरू हो के हमपे खतम हो जाती...पर काश कि ये हकीकत होती।

हैरी सोणिये...।”

वो– “हकीकत ही चल रही।”

मैं– “इतना क्या हुआ या...

अभी तुम एकदम समझ नहीं आ रहे,

तुम शायद दूर जाना चाहते।

ये ही ना.. ?

इनफैक्ट तुम जा चुके।

देखो तुमपे तो हमारा कोई बस नहीं...

लेकिन याद रखो...

हमपे भी तुम्हारा कोई बस नहीं।

तुम्हें जो करना है तुम करो,

हमें जो करना है हम करेंगे।”

वो– “अरे बस बस,

पास ही हैं।

इतना गुस्सा नहीं,

हमें जो करना है वो हम करेंगे।”

*# लो जी गुस्सा तो यहीं फुर्र हो गया...डेटिंग टेनिस मैच में लव ऑल हो गया!

मैं– “जब और जो मन करेगा,

तुम्हें कह देंगे।

पढ़ो, मत पढ़ो, इग्नोर करो, डीलिट करो.... इट्स ऑल अप टू

यू।''

वो- ''और मिलेंगे भी आपसे,

कोई दूर नहीं जा रहा, मैं क्यों दूर जाऊंगा वो भी आपसे?

सब करीब हैं।

क्या हुआ आज आपको?''

मैं- ''कहाँ...?

कितनी बार पहले भी कहा।

बस कुछ टाइम...

पर नहीं..

चैट हैं पिछले...रीड इट अगेन...दैन यू रियलाइज...कितना झूठ बोलते तुम।

इतनी सी बात नहीं मान सके...''

वो- ''झूठ बोल के, हमें क्या फायदा?

आप तो छोटे बच्चू जैसे हो, स्टबन्न!''

मैं- ''हाँ हैं,

दिल तो बच्चा है जी!''

वो- ''यस यही तो बात है,

हमारा चश्मा भी टूट गया। बहुत परेशानी हुई आज।''

मैं- अभी जुम्मा- जुम्मा चार दिन भी नहीं हुए थे, तोड़ भी डाला।''

*# दिल तो उससे भी नाजुक कैसे संभालोगे?

''उनके नरम हाथों से, फिसल जाती है चीजें,

मेरा दिल भी उनके हाथ लगा है, खुदा खैर करे!''

वो- ''नो... लगा तो तभी से है, पार्टी में तो लगाया नहीं था।

अब नीड है, कार चलाने में दिक्कत होती।''

*# ओह माय गुडनेस...असली परेशानी ये है, तफरीह नहीं हो पा रही!

मैं- ''अरे ...यार।''

वो- ''सहारा है वो हमारा,

अब ऐसा लगता
इरीटेट होता हूँ उसके बिना।''
मैं– ''आँखों में वो चढ़ गया बताओ... ?
होना किसे था और ...
हसद हो रही हमें उससे मजीद...।''
वो– ''हसद मतलब ?''
मैं– ''जलन,
हम तो उससे भी गये बीते हो गये....।''
वो– ''ये कहाँ कहाँ से सीख रहे ऐसे वर्ड्स ?''
मैं– ''सीखे सिखाये हैं पहले से ही।''
वो– ''हम तो सुलझे हुए हैं, वर्ड्स में।
डायरेक्ट फेंक मारते।''
मैं– ''इसीलिये तो चोट लगती जम के ...।''
वो– ''कौन सी चोट ?''
मैं– ''गहरी।''
वो– ''कौन देगा ?
प्यार हुआ ना कुछ।''
मैं– ''तुम ...सिर्फ तुम !''
वो– ''अच्छा ऐसा ?''
मैं– ''हाँ ऐसा।''
वो– ''ऐसा ही रहेगा हमेशा ?''
मैं– ''(प्यार हुआ ना कुछ) *
''कुछ'' नहीं ....'' कुछ ज्यादा ''
नहीं...... प्लीज।
ऐसा नहीं चाहिये...इतने गैप।
हमेशा मीन्स हमेशा....''
वो– ''ओके, श्योर।
गैप नहीं, बोल सकते

वी आर परमानेंट।''
मैं- ''हज्जार.... बार कह चुके ये तो,
पर फिर वहीं के वहीं अच्छा नहीं लगता।
सोणिये समझो ना या.....''
वो- ''अब सामने होते तो समझ सकते थे,
यहाँ व्हाट्सएप पर क्या दिखता यार।
रोज मिलते फिर तो आपसे,
सामने होते तो,
सो रिकगनाइज योर वैल्यू।''
मैं- ''जो चीज है नहीं उसके लिये वो मत जाने दो, जो है।
तुम बस कहो, हम सब समझेंगे यहाँ भी।''
वो- ''ओके, हम भी समझते।
ठीक है,
अब सोना जरूरी,
इतना नहीं देख सकते स्क्रीन पर कंटीनियस,
वैसे तो मना ही है,
फिर भी आप हैं तो कर ली।''
मैं- ''सो सेल्फिश आय एम ना...
ठीक है जाओ,
सो जाओ,
गुड नाइट।''
वो- ''ठीक है चले,
गुड नाइट।''
मैं- ''Tc ध्यान रखो अपना।
उफ्फ डी पी चेंज...।''
वो- ''यस चेंज इज अ सायकल।''
(रात के 1 बज गये हैं)
मैं- ''वाह .... (शाम के 4:22 को)

ऐसे ही स्वीट लगते
खिले- खिले से,
जो डल है वो हैरी नहीं!"
वो- "ओके आय विल बी द सेम।"
मैं- दैट्स लाइक माय हैरी.. लव यू
हाऊ आर योर हेल्थ?
कन्सलट अदर डॉक्टर इफ दिस वन इज नॉट वर्किंग।"
वो- "यस।"

जुलाई 6 12: 06 am

वो- "एक परवाह ही बताती है कि ख्याल कितना है! वरना कोई तराजू नहीं होता रिश्तों में!"

मैं- "हमारी बात हमें ही।"

वो- "अपन एक जैसे ही तो हैं।"

मैं- "सही कोई शक नहीं।"

वो- "हा हा, शक नहीं होगा कभी, बाउंडिंग अच्छी है।"

मैं- "जरूर ऐसा ही हो।"

वो- "ऐसा ही रहेगा,
आज फिर बहुत स्ट्रेन है, दिक्कत हो रही।"

मैं- "फिर स्ट्रेन मत लो,
सो जाओ।"

वो- "ओके।"

मैं- "प्रीपरेशन कैसे की फिर?"

वो- "मीट यू टुमारो,
थोड़ी ब्रेक ले के।"

मैं- "ओके गुड नाइट,
अब क्या जाओ... स्वीट ड्रीम्स।
ओह... माय क्यूटी पाई।

एक्चुअली यू नीड काइंड ऑफ व्हेरी साउंड स्लीप। हैव यू क्नसल्टेड एनी अदर डॉक्टर फॉर सेकेंड ओपिनियन? डोंट टेक लाइटली इट नॉरमली डजन्ट टेक सो मच टाइम ना... प्लीज गो!(1:25 रात)

वो- "नाइस डी पी,
नाऊ एम फाइन।"

मैं- "गुड ... रिलीफ।
बस इतना ही?
यू आर नॉट फाइन।"

वो- ''एम मच गुड, नॉट ओनली गुड।''

मैं- ''कुछ तो बोल दो?''

वो- ''यही कि आपकी ब्लेसिंग्स साथ है,

जो कि पूरी लगेंगी हमें

''मिडास टच।''

मैं- ''मिडास... देखें...हम भी सोने के हो जाये तो कन्फर्म हो जाएगा..अभी तो लग रहा...कसर बाकि रह गई थी वरना ऐसा कुछ होता ही नहीं।

ग्लासेस मिलते ही आ गये लाइन पर?

किससे बतिया रहे?''

वो- ''हा हा

एम ग्रेसफुल।''

मैं- ''व्हाय?''

वो- ''कॉज ग्रेसफुल यू, ग्रेसफुल मी।''

मैं- ''नाऊ इट लुक्स लाइक हैरी रिटर्न्स।''

जुलाई 7 6: 52am

मैं- "तुमको तो बैड मॉर्निंग कहने का मन कर रहा,
व्हेन यू फील यू मैसेज मी?
इवन @ रात के 12 बजे भी एंड आय रिस्पाँड
बट व्हेन आय सैंड यू डोंट रिस्पाँड...
सारी मर्जी तुम्हारी...?
कब, कैसे, कितनी बात होगी तुम ही तय करोगे...?
हर फसाद की वजह तुम हो।
और गाना हमारे लिये "वजह तुम हो?"
मुस्कुराने गुनगुनाने की वजह होते तो
कोई बात भी होती!
पार्टी में यूँ ही कुछ भूल गये थे,
तभी से हमारी आदत लगी है
और अब नीड है,
जिंदगी चलाने में दिक्कत होती
सहारा है वो हमारा।
अब ऐसा लगता
इरीटेट होते हैं उसके बिना।
क्यूटी पाई कह दिया तो खुमारी के आलम में ही खो गये तुम तो।"
वो- "यू ऑल ग्रीटेड
बट सेलफोन नॉट अलाउड इन माय इंस्टीट्यूट।"

मैं- अचानक से कल के कल ये कहाँ से खड़ा हो गया? मिरेकल खतम होने का नाम ही नहीं ले रहे!"

वो- "नॉट अ न्यू,
खुद ही सब कर लेते तो स्पेशलिस्ट ही कहलाते।"
मैं- "हद है... कभी बताया ही नहीं।
कैसे पता चलेगा?

क्या टाइमिंग है ?''

वो- ''चेंज होते रहते।''

मैं-बताया क्यूँ नहीं ?

आय वॉज लुकिंग सो स्टुपिड।''

वो- ''अरे अभी तो हुआ,

दिन भर कुछ समझ ना आता, टाइम कहाँ मिलता इतना सोचने का।''

*# माने अब वक्त आ गया है.... नशा तो हिरण हो गया, हैंग ओवर भी हैंग हो गया!

मैं- ''ओके।''

वो- ''यस शेड्यूल ही ऐसा है, क्या करें ?

मूड क्यों ऑफ हो गया ?''

*# हाऊ इम्मैच्योर...इतने ऑरडीनरी लेवल सूट नहीं करते इस तरह के कन्वरसेशन में इतना भी नहीं जानते ?

मैं- ''नहीं वैसा ही है,

जैसा हमेशा रहता, तुम शायद थके हुए हो।''

वो- ''अब ठीक है,

जो टाइम है उसी को जियो

कभी तो बदलेगा

हर बार ऐसा नहीं होना

वेट एंड वॉच।''

मैं- ''वो ही कर रहे,

अब देखो नींद आ रही है तो सो जाओ,

हमें बिठा दिया।''

वो- ''हा हा ठीक है।''

मैं- ''व्हाट ?''

वो- ''कल मिलते।''

मैं- आठ मिनिट पहले ही कह देते, जाओ गुड नाइट।''

वो- ''अरे मम्मी आईं, बात कर रहा गुडनाइट।''

मैं- ''सी या।''

*# मम्मी के सामने बच्चा बन के रह गया हवा हो गई सारी बातें!

जुलाई 13 10 : 39pm

वो- "# आवारगी छोड़ दी हमने तो भूलने लगे लोग#"

मैं- "चलो ये तो याद रहा कि हैं भी कुछ लोग..."

वो- "अरे याद तो हमेशा ही रहोगे।

लोग झूठा दिखावा करके खुश रखते होंगे

हम लाँग लास्टिंग याद रख कर बुरा बनने वाले लोगों में से हैं।"

मैं- "ऐसी याद का कोई मतलब नहीं... जो ये ही याद ना रख पाये कि कोई है।

" इफ यू स्टे, स्टे फॉर एवर। इफ यू गो, डू इट टुडे! इफ यू चेंज, चेंज फॉर द बेटर। एंड इफ यू टॉक, मेक श्योर यू मीन व्हाट!"

फॉर यू फ्रॉम माय हार्ट।"

वो- "नो डाउट स्टे फॉर एवर बट दिस डजन्ट नीड प्रूफ।"

मैं- "बात प्रूफ की नहीं, याद करने की है।"

वो-ऐसा तो नहीं कि रहते हुए याद नहीं करते,

जब टाइम मिलता,

अलग से करते,

स्पेशल।"

*# रात में बात करना इतना क्यूँ स्पेशल होता..

मैं- "अब टाइम निकालना मुश्किल हो रहा तुम्हें,

वक्त बहुत तेजी से बदल गया या...."

वो- "वक्त तो बदलेगा, हम नहीं।"

*# बातें सुनो जरा इनकी...कब से बार-बार एक बात कहे जा रहे हैं कि बस थोड़ी सी बात हर रोज हो जाये। वो तो कर नहीं पा रहे पर फिर भी बड़ी-बड़ी बातें कहे जा रहे। प्यार में पड़े हैं वरना अभी तक दस-बीस गालियों के साथ सारी भड़ास बाहर निकाल चुके होते!

मैं- "तुम रहने ही दो,

तुम्हारी किसी बात पे ऐतबार नहीं।

अपनी दुनिया में मस्त रहो!''

वो- ''मस्त तो बिल्कुल नहीं, अभी सिर्फ काम।''

मैं- ''जो भी..हम नहीं हैं तो क्या है? फर्क नहीं पड़ता।''

वो- ''अब समझने वाले समझ सकते, आप तो अपनी हैं फिर भी।''

मैं- ''मजाक सूझ रहा है?''

वो- ''मजाक कहाँ किया?''

मैं- ''इतने सीरियस भी मत हो जाओ।''

वो- ''एम नेचरल।''

मैं- ''दैन ... फिर तो नैचरल है ... जो भी करो।
कॉन्सन्ट्रेट योर वर्क इसलिये डिस्टर्ब नहीं कर रहे।''

वो- ''ऐसी कोई बात नहीं।''

मैं- ''तो फिर?''

वो- ''आप सुनाओ कुछ, क्या चल रहा?''

मैं- ''आय हैव सो मैनी ऑप्शन्स....
इंजॉय विद दैम आलसो वॉट एल्स?
यही सुनना था ना?
हैप्पी?
रिलेक्स्ड?''

*# ''तुम पूछो और हम ना बताये ऐसे तो हालात नहीं। एक जरा सा दिल टूटा है और तो कोई बात नहीं!''

वो- ''हा हा, यू डाइवरटेड अवर कन्वरसेशन।''

मैं- ''ना...।''

वो- ''कुछ बताइये, क्या हाल?

*# ''ये जो तुम मेरा हालचाल पूछते हो, बड़ा ही मुश्किल सवाल पूछते हो!''

मैं- ''अभी भी पूछना बाकि है?''

वो- ''क्या टॉपिक ले जा रहे, समझ नहीं आ रहा मुझे।

वैसे ही दिन भर की भसड़ में पागल हो जाते हम
एम हियर टू रिलेक्स एंड कूल।''
मैं- ''वही तो बात सेम हम भी चाह सकते ना?''
वो-ओके बट कभी - कभी सॉफ्ट टॉकिंग इज नीडेड।''
मैं- ''तुम तो टाइम नहीं, टाइम नहीं बोलते रहोगे तो कैसे होगी बात?''
वो- ''नेक्स्ट टाइम से पहले ही बोल देंगे अब,
ओके श्योर
कि किस टाइम बात हो सकती।
कॉज कंटीन्यु तो बहुत मुश्किल होता बात करना। कोई काम या कोई आ जाये, कहीं जाना पड़ जाये, तो ये चीजें बोल के कहाँ आतीं?''
मैं- ''हैरी... ये सब सिचुएशन यहाँ भी हैं। पर हम तुमसे बात करना चाहते हैं यार। बार- बार चाहते हैं तुम्हारे साथ कुछ वक्त बिताना।''
वो- ''ओके मी टू। बट हमें अभी कुछ प्रॉबलम फेस करनी पड़ रहीं। आप जो बोल रहे वो मिलने से ही मजा आएगा
अब हम तो आपसे मिलना ही चाहते और करीब हो के रहना चाहते।
पर लेट्स सी कब हो।''
मैं- ''ये तो हमारी भी हसरत..पर जब तक ना हो ये..तब तक ये ही रास्ता अच्छा है।
इसी पर चलें और चलते रहें, अभी बस ये ही!''
वो- ''ओके बट इमेजिन करो कि हम और आप हो कहीं
और कोई ना हो वहाँ।''
मैं- ''कर रहे...।''
वो- ''दो जिस्म एक जान स्ट्राँगली कनेक्टेड।''
मैं- ''कौन जाने कब ऐसा मौका आएगा?''
तो- ''आएगा, कभी ना कभी। एक-दूसरे को फील करने का मौका।''
मैं- ''छोटी- छोटी ख्वाहिशें तो पूरी नहीं हो पा रहीं, आगे का क्या

सोचना?''

वो- ''अब तो करीब आने की इच्छा ही होती, मौसम भी बेईमान है।''

मैं- ''होती ना हैरी, तो इतने इतने दिन ऐसे नहीं बिता देते।''

वो- ''व्हाट्सएप की बात से उसको कम्पेयर करने का कोई सेंस नहीं, आय रिपीट।''

मैं- ''याssssर.... इस बहाने कुछ वक्त साथ रह पाते। समझो ना.....अभी वो ही सहारा है।''

वो- ''ओके

कैन फील योर फ्यूम्स।''

मैं- ''हर बार ये बोल के बस चले जाते हो, अच्छा नहीं लगता।''

वो- ''इट्स माय ड्रीम, टू बी विथ यू। सो क्लोज।''

मैं- ''तो इसे ऐसे ही बने रहने दो .... हमारे लिये।''

वो- ''ओके।''

जुलाई 21 1:37 pm

मैं– माय हार्ट
इज बीटिंग
कीप्स ऑन रीपिटिंग
एम वेटिंग फॉर यू!
कम फॉर सम....."

वो– "देअर इज नो अवेटेड कंडीशन विद अस ऑलवेज ऑन ट्रैक।"

जुलाई 27 10:40 pm

मैं- "आज कैसे... क्या बात है?"

वो- "कैसी बात?"

मैं- "बाद मुद्दत के हमें आपका दीदार हुआ है,
बाद मुद्दत के दुआओं पे एतबार हुआ है!"
ऐसा कुछ ... समझे?"

वो- "हाँ समझ गये, मौसम के हिसाब से शायरी।"

मैं- "हम तो हमेशा से शायराना....
लोग ही महफिल छोड़ के चले जाते!"

वो- "छोड़ते नहीं, ब्रेक भी जरूरी,
क्रेज बनाये रखने के लिये।"

#*क्रेजी मैन.... सिंपलीसिटी आजकल लो प्रोफाइल चीज हो गई है, चीजों को कॉम्पलीकेटेड करके पेश करना ही हाई फाई आर्ट बन गया है। इस हिसाब से मेरा " हैरी" हाई स्टैंडर्ड आर्टिस्ट! वो भी फाइन आर्ट्स का....वो बनाये बहुत कुछ, पर समझ ना आये मुझे कुछ!

अगस्त 6, 12:11am

वो- "कातिल डी पी। डैम हॉट यार! मत दिखाओ पिक्स... आप ना नींदें उड़ा दोगे।"

मैं- "तुम्हारी तो ऐसे ही उड़ी है.. हम कहाँ उड़ाएंगे यार?"

वो- "अरे नहीं ऐसा नहीं मेरी कहाँ उड़ी हुई...कुछ-कुछ चीजें ऐसी हैं जिन्हे देख के सब कुछ भूल जाओ वाली फीलिंग्स आती है... उसमें आपकी पिक्चर्स भी है।"

मैं- "ओह माय गुडनेस... ये तो आज की जानदार शुरुआत है। वैसे इस 'भी' में और क्या शामिल है?"

वो- "कुछ खास नहीं।"

मैं- "आम ही बता दो,

क्या सोच रहे... ?"

वो-नहीं ऐसा नहीं है। मेरे पास छुपाने के लिये कुछ नहीं है कि मैं क्या बताऊँ..... आपको सब पता ही है।

वो तो ऐसा है आपसे कन्वरसेशन बहुत डीप हो जाते हैं जो मैं खुद लिख तो देता हूँ फिर आय वॉज लाइक अब क्या बोलूँ.... हेहे।"

मैं- "डीपली कन्वरसेशन तो बेहतर...बोर मत हो जाना बस।"

वो- "बोर आपसे तो हरगिज नहीं... जिनसे होता हूँ उन्हें मुँह पर ही बोल देता हूँ।"

मैं- "हमें भी कह देना यार कभी हो तो... बट इन डीसेंट वे ओनली।"

वो- "अरे नहीं...ऐसा कभी ना होगा डोंट वरी मोहतरमा,

सामने हो तो ज्यादा क्रेज बनता है।

ऐसे में सिर्फ आपकी तलब बढ़ेगी, तड़प भी।"

मैं- "पहले तय कर लो..ज्यादा क्रेज कब बनता है।

कुछ दिन पहले ही कहा था गैप ज्यादा हो तो बनता है,

अभी कह रहे सामने होने पर।

तलब और तड़प बढ़ती तो ये हालात ही नहीं होते।

तुमपे तो कोई असर नहीं है ना?''

वो- ''है .... पर करीब रहने की बात अलग।''

मैं- ''जो है नहीं उसी के बारे में क्यूँ सोचते रहते हो या... ?

इसी में तो जो है वो भी हाथ से जा रहा।''

वो- ''हाथ से तो नहीं जाएगा, ना ही व्हाट्सएप बंद हो रहा।''

मैं- ''व्हाट्सएप तो कब से वहीं का वहीं है... तुम ही उसपे आना बंद हो गये।

जबकि वो ही हमारे बीच की कड़ी है पर तुम हो कि समझने को राजी नहीं।

या फिर अब चाहते ही नहीं।''

वो- ''अरे समझते हैं, पर फ्री रहना इतना नहीं होता कंटीन्यूअस। बाकि क्रेज तो आपका पहले भी था, अभी भी है और हरदम रहेगा।''

मैं- ''ऐसा मत बोलो.... दिस इज वेरी पॉलिश्ड वे टू से ''नो'' फॉर एवरीथिंग.....आय नो दैट।''

वो- ''ये सब छोड़ो....

योर रीसेंट डी पी इज सोssss हॉट,

आपकी कातिल अदाएँ बहुत तेज हैं,

योर आइज ओफ्फ...

एंड योर लिप्स फेसिनेटिंग। क्या करें अब, डी पी देखकर ही खुश हो रहे।''

मैं- ''आ जाओ यहाँ।''

वो- ''कहाँ आए.. ?''

मै- हमारे पास यहाँ।''

वो- ''अच्छा...कोई और तो ना होगा?''

मैं- ''नहीं होगा... तुम और हम।''

वो- ''फिर तो हम मैगनेट की तरह चिपकेंगे।''

मैं- ''मंजूर... अगर आ सको तो... ये भी मंजूर।''

वो- "अच्छा... फिर तो छोड़ेंगे ही नहीं। अब ये देखना होगा आपमें हमारे लिये कितनी एनर्जी है!"

मैं- "हमें चैलेंज मत करो... जानते नहीं तुम...हम किस हद तक जा सकते अपनी जिद के लिये।

तुम पर ही शक है।"

वो- बोल दो ना जरा दिल में जो है छिपा मैं किसी से कहूँगा नही

मैं- ये मोह मोह के धागे तेरी उंगलियों से जा उलझे

कोई टोह टोह ना लागे किस तरह गिरह ये सुलझे

बात तो मान नहीं सके छोटी सी भी।"

वो- "आपको देखने के बाद तो रोक नहीं सकते किस के लिये।"

मैं- "बहुततततत दूर की सोचते हो।"

वो- दूर नही सिर्फ यहाँ ही किस दे दो

ये तो कुछ हो फ्लाइंग ही सही

फील हम कर लेंगे

ड्रीम ऑफ

फॉर लाँग....।"

मैं- ऑलवेज फॉर श्योर।" गिन के 15 इमोजी भेजी किस वाली

वो- "आहहह वॉव।"

मैं- "इतने दिन में कभी मन नहीं किया तुम्हारा हैरी बात करने का? हमसे तो नहीं रहा जाता यार...।"

वो- "बात करने से ज्यादा इसका मन किया।"

मैं- "हमसे..... ?"

वो- "पर क्या करें

तभी दे देते कुछ जब सामने थे।"

मैं- "ये आया असली हैरी बाहर...।"

वो- "नहीं आना चाहिये.. ?"

मैं- "ना... चाहिये।"

वो- गजब हो आप यार

मैं- "अगर इससे काम चल जाता है तो रोज आओ...बहुत सारी किसेस मिलेंगी।

वो- "ओ माय गुडनेस।"

मैं- "फिर तो कोई शिकायत नहीं रहेगी?"

वो- "मोबाइल पर ही मिलेंगी?"

मैं- "अब इसी से काम चलाओ...आया ना व्हाट्सएप काम?"

वो- "नहीं यार ऐसे तो फिर सामने आने की इच्छा होती। किस के लिये।"

मैं- "आ जाओ ना फिर।"

वो- "कब तक कर पाओगे?"

मैं- "ये तो कहने की नहीं करने की बात है जैसे हो जाये...।"

वो- "डू यू नो... योर लिप्स इज फेसिनेटिंग?"

मैं- ऐसा है..

वो- हाँ. ऐसा....

हाँ...ये निहार रहे...

आपकी वो उमर भी क्या होगी यार....

कोई पिक है उस वक्त की?"

मैं- "नहीं कोई नहीं...हाँ लेकिन उस वक्त बहुत खूबसूरत दिखते थे!"

वो- "अरे... बहुत ही होंगे, हो तो अभी भी।"

मैं- "अभी से कहीं-कहीं ज्यादा।"

वो- "पर वो तो कातिल जवानी थी, सभी आप पर मरते होंगे।"

मैं- "हम्मम... पर अब वो कुछ भी बात नहीं रही।"

वो- "नहीं होती तो ये किसेस करने का मन नहीं होता जी।"

मैं- ओह या....

वो- "अब तो आप नखरे कर रहे इसके लिये,

कहाँ मिल रही।"

मैं- "क्रेज बनाये रखने के लिये गैप जरूरी...

तुम्हीं से सीखा...
तुम्हीं पर आजमा रहे... ।''
वो- ''हा हा सही है।''
मैं- ''जितना दोगे उतना ही मिलेगा।''
वो- ये लो, ये लो, और लो और और...इमोजी की बरसात आ गई
मैं- ''उफ्फ...शैतान।''
वो- आपका, आपके लिये
मैं- हम तो फिर सुनामी लाएंगे...संभलो
इमोजी की लहरें हमनें भी लहराई
100 मानो इसे,
फील इट।''
वो- ''फील योर वार्म्थ''
मैं- ''ओह।''
*# तुझे भी पता मुझे भी पता ये जो भी है दिल की है गलतियाँ...
वो- ''लिप्स लाल हो गये हमारेलिपस्टिक से।''
मैं- ''ओह माय माय.. ।''
वो- ''कि होया?''
मैं- ''कुछ ना.... ।''
*# सॉलिड फिल्मी इन्फुल्युऐंस....लिपस्टिक...नाऊ ऑल इज अंडर माय बुर्का..
''अब तो धधकने लगा तंदूर पूरी तरह,
जल ही ना जाये हार्ट के नान कहीं।''
''अच्छा चलते हैं दुआओं में याद रखना,
हमारे जिक्र का जुबाँ पे सुवाद रखना।''

अरे रे रे.... आप कहाँ चले? ये तो हमनें आपस में कहा है। आप ऐसे फालोअर ना बनो जी। ऑनलाइन स्टोरी का कहा था ना? ऑफलाइन जो चल रहा उसमें आपका कोई काम नहीं....बेकार मुँह मत मारिये।

एक साफ -सुथरी रोमानी स्टोरी आई है कई दिनों के बाद, बिना कोई तड़का मसाला के उसे एन्जॉय कीजिये।

मास अपील अपनी जगह है, पर फिर भी डिफरेंट ऑफ बीट मूवीज बनती हैं कि नहीं ?

पहले प्यार की पहली छुअन की तरह इस भीगे-भीगे मौसम का मजा लीजिये। हाँ और क्या, देखिये तपती गरमी से कब बारिश के रंगीन मौसम में आ गये पता ही नहीं चला ना ?

आज ब्ल्यू है पानी, पानी, पानी, स्काय भी ब्ल्यू, ब्ल्यू मून आलसो एंड कोइंसीडेंटली हमारी ड्रेस भी ब्ल्यू.... ऑल ब्ल्यू बट इससे ज्यादा ब्ल्यू नहीं हाँ,वरना ब्ल्यू मूवी... ऊप्स। सेंसर बोर्ड का भी तो ध्यान रखना है।''

कई पहलवान निहाल करने के लिये तैयार बैठे हैं।''

इतना दिल-दिमाग खर्च करके कुछ लिखें और वो आकर सीन काट दें इससे तो बेहतर है खुद ही कट लें। और वैसे भी अब ना तो ये फ्रांस है, ना वो इमैनुअल मैक्रो और ना हम ब्रिगीट कि ट्विस्ट करके कोई सुर्खियाँ बटोर लें।''

ऑफलाइन सब हमारा; ऑनलाइन जो मिला वो ही आपका। बाकि कयास तो आप लगाते रहिये। डोनाल्ड डक की तरह पक-पक भी चलने दीजिये। ट्रम्प कार्ड तो हम अपने पास ही रखेंगे इस गेम का।

चाय पकौड़े खाइये और एन्जॉय करिये। यदि आपके पैसे वसूल हो गये इतना ऑनलाइन रहने पर और आप फिर से डेटा प्लान रीचार्ज कराना चाहते हैं तो जरूर नेक्स्ट टाइम पार्ट टू लेकर आएँगे और तब पक्का प्रॉमिस कि काजू- बादाम के साथ ड्रिंक्स-व्रिंक्स भी सर्व करेंगे।''

अगली बार कुछ डिफरेंट तो होना ही चाहिये... है कि नहीं ?

प्यार हो हर बार हो बेशुमार हो तुम से ही....

नाऊ इट्स ऑल अबाउट ऑफ बीट!